Elard Briegleb

Wie's klingt am Rhei'

Mundartliche Gedichte aus der hessischen Pfalz

Elard Briegleb

Wie's klingt am Rhei'
Mundartliche Gedichte aus der hessischen Pfalz

ISBN/EAN: 9783743426221

Manufactured in Europe, USA, Canada, Australia, Japa

Cover: Foto ©Andreas Hilbeck / pixelio.de

Manufactured and distributed by brebook publishing software
(www.brebook.com)

Elard Briegleb

Wie's klingt am Rhei'

Wie's klingt am Rhei'.

Mundartliche Gedichte

aus der hessischen Pfalz

von

Clard Prießleß.

Verlag von Emil Roth in Gießen.
1885

Inhalts-Verzeichniß.

Druckfehler.

Seite 10, Vers 6 lies „hoem" statt hemm

S. 12 Zeile 5 füge „hei" ein

S. 22 Z. 5 l. „geen" statt geen

S. 70 Z. 5 l. „noch" statt noch

S. 10 Z. 1 l. „henne" statt henne

Buher un Buhie?

Aus 'm Bewe
Daß ich's gewe
Vun de Palz;
Wem's gelunge
Schennt gesunge,
Der behalt's!

De, wu's drollig
Oder luschtig
Kummt eraus
Dess sein Sache
Sort se lache
Schall ein Haus

Sort dess anner
Torchenanner
Senn die Schuld,
Wu's getriewe,
Truin, ehr Wewe,
Ißt Geduld!

Pälzer Wewe
Bešſer gewe,
Nas wu's ſchlecht, —
Gure Morye!
's kann's beſorye
Kaan Poet.

Anwer Auge
Dutt's un Auge
Doch ſchennant:
„Sollſcht en Treie
„Floll gedeie,
„Pälzer Land!“

❧

Wie ahm de Schnawwel gewachse eß.

Wie ahm de Schnawwel gewachse eß,
So soll m'r nohd aa' singe,
Dees muß sei' luschtig, voll und frisch
Aus alle Zuge bringe,
Dann dees eß so e wahri Luschd,
Wann's frehlich schallt aus jeder Bruschd
Enn alle deutsche Art
En große Dichtergaart.

Die Voel drauß die singen all
Un dehn sich net schuuniere,
Un jeder hot sein frische Schall
Un freehliche Maniere,
Mag's schee nohd klinge oder schlecht,
E jeder hot' mol druff sei' Recht,
Dees loßt 'r sich net nemme
Un braucht sich net se schemme.

's eß freilich wohl en Unnerschied,
Ded größer, wie bei Sänge,
Dann dere Nachtigall ehr Lied
Peift net, wie dees van Schpatze;
Doch jeders will zer Kehl eraus
Un nimmt sich als net uwwel aus,
Wann's aach net eß sei' zierlich,
Wann's eß nerr hubsch naddeerlich

So hun ich halt bei merr gedenkt,
Wie's enn merr hot geklunge,
Un was uns' Herrgott merr geschenkt,
Dess hun ich nohd gesunge;
's is wohl net immer fei' un zart,
Doch guck, es is die palzer Art.
Un die dui merr vorr alle
Vum Herze gut gefalle.

Dess kummt d'r jo so hell eraus
Wie wie die Sunn am Morje,
Un juwelert wie's Kind am Haus,
Wu noch nix waaß vun Sorje,
Dann do, wu m'r de Wei'schtock blanzt
Un frehlich sungt un lustig danzt,
Do lei'n schun enn de Worte
Vun selwer die Accorde.

Un wer dess nu net heere kann,
Braucht net nooch merr ze schicke,
Doch wem's gefallt, der es mei' Mann,
Dem duh die Hand ich dricke,
Ob er nohd jung es orrer alt,
Er mag's, wie's enn de Palz erschallt.
Nooch Herzenslust gesunge!
Ich duhn 'n vielmols grieße.

Vivat die fröhlich Palz!

Ich kenn' e Land am deutsche Rhei',
Des glänzt van Glück un' Sunneschei',
Da saa' ich. „Gott erhalt's!"
's hot Wei' genunt un Woaz un' Korn,
Un es en alle Arte dern
Un schreibt sich. „Fröhlich Palz".

Wer schreckt sich lang un weil des Land!
Hie' zieht de Rhei' sei' Silwerband,
Un dromme blost die Haardt,
Da schafft de Wingertsmann sei' Werk,
Die Axt klingt hell am Dunnersbärk
Als sie uff pälzer Art.

Un aus de alle Zeite Nacht
Steh't mancher Schtaa van aller Pracht,
Jetz' schlingt sich Eblg d'rum,
Un weit enaus en Schpeier-Dahl
Da glänzt en Morje-Sunneschtrahl
De uralt Kaiser-Dumm

Un wann die Schtern am Himmel schtehn
Un Owens sich des Land beseh'n
En seiner Summer-Pracht,
Da kummt's vum Rhei' wie Klang un Klang
Un haamlich zieht's van Busch un Gang
Dorch Werk und Dahl bei Nacht

Dess es un bleibt e gut deitsch Land,
Jetz' reicht's 'em Elsaß stolz die Hand
Un schließt en sich're Bund;
Dann wann kummt der Franzos weh' 'nei,
Dofor do sorgt die Wacht am Rhei',
Wann's gilt, mit Mut un Blut.

Gruß Gott, wie es dess Land so schee!
Ich trink' aus uff sei' Wohlergeh',
Un nochmols „Gott erhalt's!"
Es leb' sei' Lieb, es leb' sei' Wei',
Es leb' sei' Glück, sei' Sunneschei',
Es leb' die fröhlich Palz!

Freind Rhei.

Horsch bei de Pälzer ehr Nobbur,
Orrer henn meer wohl bei'?
Meer hosse so enanner,
Des eß m'r Loor, Freind Rhei'.

Du kummscht beher so flink un fix
Un gucksch so frisch un hell,
Ei jo, du hosch de Pälzer
Ehr glücklich Nobberell!

Meer werre — des waaß halt jedermann —
Als gern e bische laut;
Dann's Singe un des Klinge,
Des schluckt uns en de Haut.

Des rauscht bei deer un brauß bei deer
So luschtig-froh eraus,
Un bei uns geht des grad eso
Um Wingert, Feld un Haus

Un wer deer leit nix en de Wehl,
Dem duhsch du nohb aa' nix,
Un wer uns loßt en Friede,
Der brucht vun uns koa Wix.

Doch als 'mol gibt's bei deer en Schtorm,
Do brischt du doll un wüd —
Des kann uns aa' bassiere
Un eß wel wie's sei' soll.

Nohb froore meer nix noo' de Betl
Un du frohlsch nee koo'n Schteel,
Un 's eß denohb am beschle —
M'r geht uns aus em Wehl.

Die pälzer Luft.

Am Rhei', am Rhei' do ess gut sei',
Dem soll mei' Lob erklinge.
's gibt Dierer dort un Lieb' un Wei',
Un Leit, wu frehlich singe;
Die Leit henn Schneid, de Wei' hot Duft,
Dess kummt hall vun de pälzer Luft.

Am Rhei' do gilt's mit freiem Wort
Jed' Ding bei'm Name nenne,
Un sollt' m'r aa' sich immerfort
Emol 'es Maul verbrenne,
E Mann e Mann, e Schuft e Schuft
So schickt's hall en de pälzer Luft.

Am Rhei' do haaßt's enuff zer Heh
Mit leichtem Sinn wie Bembe,
Un norre bei Leib net rickwärts geh'
Un norre die Zeit net bremse!
Was will er, dess muß en der Gruft —
So schickt's hall en de pälzer Luft.

Am Rhei', am Rhei' die Leit sein echt,
Die alte, wie die junge,
Es eß b'r halt 's ganz Geschlecht
Vum rechte Geischt durchdrunge;
De Freiheit Geischt mit zartem Duft,
Der weht durch unser pälzer Luft.

Un meer bestun uns, Gott sei Dank,
Gar wohl ent 'r Bepfleanig,
Dann sie erhelt uns lerwenslang
De Kobb' un's Herz lewennig;
Se holt'r Stun bes an der Gruft
Bewahren m'r de pälzer Luft.

Un drum uff alles, was erblieht
Gu frohe rhein'sche Lewe.
Uff Freiheit, Wei', Weib, Sied un Sied
Wommer es Glas erhewe;
Wer do net mittrunk, der verdust —
Doch, virat hoch die pälzer Luft!

Die Kerb.

Ihr kennt, was wohr eß, eß wohr,
— Horch 'mol, wos pfeifen die Brit' —
Meer deukt's net vun frere Johr,
Daß so e Kerb wor, wie heut'!

Deß eß jo drunner enaus,
Was Leit uff de Gasse do gehn,
Un was se forr schwerrem Haus
Un forr de Worschtbaiser schlä'ju!

Un en de Tanzsääl s'ersche brenn
Do halt kaan Nebel vor Erd,
Un eß druckten sich als noch enenn
Deß eß forr de Werth 'mol was werth!

Jo, de Kronewerth gabbt aach en Wei'!
— Se treiwens nabblerlich aach dsll —
Un ich wett druff, die mehnschte sein fri',
Wie aa net, sehrrt schunn voll

Un behaam do eß 's aa' scher,
Do geht en de Sailer was druff,
Gehn weit 'mol, wann ehr's woru seh',
En's Vorjemohjahrts ennff!

Wer do emol 'nenn gucke kann,
Der kritt sich aanner Reschbelt,
Dort wor jo forr hunnert Mann,
So saa'n se, die Dafel gedeckt

Na, gucken, en unsere Art
Do machen merrs aa' schun ser';
Heut werd emol nix geschpart
An Broore un Kuche un Wei'.

Uffah'! Die Gläser genumme!
Heit sein m'r 'mol all recht froh,
De Franz un dess Marem sein kumme,
Un aach unser Kleeschder eß do.

Der eß jo geloff un geloff
Aus der Schweiz 'rann, meiner Tres,
Un hot's noch richtig getroff' —
Jo, die Kerb, die lockt se ebei!

Jetzt Vetter un Bas, kummen zu!
Un ebt ennere, noor net schnurrt!
Jeh' werd 'mol en aller Ruh
Gegesse un dischberiert.

Noh gehn m'r bei die Musik,
Do soll'n 'r annrer 'mol seh'
Was en Trunwel und e Gebruk'
Ich saa's eich, heint Oweud werd's schee!

Un sein ich aa' nemmeh so ganz
Rabiddelfrisch — jo dess macht nix,
Heit riskier ich doch als noch mein Danz,
Dann die Kerb macht der alt Kerl' fix.

Un kumm ich net hamm heint Nacht,
Do machen m'r norr ka Gekrisch!
Do gehen un holen mich sacht
Bei'm Kronewerth wanig em Disch

Was macht dess dann? sein doch gescheibt!
Wann 'r alt eß un halwer schun werd!
-- Horch 'mol, was juhhen die Leit!
Es geht doch nix immer die Kerb!

∼∞∼

Die Bad-Reis.

(Scene am Bahnhof.)

Vetter Michel

Gute Morge'! Was be Dunner'
Bas und Vetter! Wu dann hie'? —
Geb', ehr mach'n uff Meenz enunner,
Weil ehr tummen schun so frieh!

Vetter Konrad und Frau.

Vetter Konrad·

Naa, merr mache noch was weurer,
Dann meer führ'n heit ebbes aus,
Wu uns losst jetz schaun so heirer
Verzeh' Daa bes' Ruh im Haus.
Gud, ich denk, m'r kann's beschlirre,
Un weil's Werrer eß so scheer',
Wommer uns 'mol aamesfere
Un en's Bad uff Wiesbad geh'

Vetter Michel·

Ehr henn recht, un ehr kenn'd mache;
Kennt ich's doch noor aa' so gut!
Do wollt ich en's Fäustchte lache,
Dann wu Geld eß, do eß Muth.

Vetter Konrad·

No, mach's norr net zu gewichtig!
Gud, mei' Frna wollt ferscht net draa';
Awwer siehsch de, ich hun dichtig
En de Ihrn gepackt mit aa',

Un se hot sich misse ploot
Mit ehrn Gubelcher erum
Un es noverdem gepoor
Vun de Micht so balver krumm
Un immerhoopt ehr Knecht
Net geschoant an der Zeit,
Dann sie hot halt misse koche
Forr dess Veeh und forr die Zeit –
Un do han ich's gut befunne,
Daß m'r mol den Schtaab un Dreck
Vun de Ahrn ser' hibsch do drunne
En dem Wisssad schwemme werd
Un vun dem ganz abgesehe,
's dätt ohm immerhoopt schun gut,
Vun em Robb bis en die Zehe,
Wamm 'r 'mol dort babe baht;
Dann do kumm 'r Gor drenn brihe,
So hoah soll dess Wasser ser',
Un e Kraft beht 'rum brenn ner,
Wie en Flaaschbrichsupp mit Wer';
Un dess dutt mol so mann Alte
Gransam gut, dess es doch Noor,
Daß je e nohbert aus ienn halte
Als noch ehr gut Duhlche Johr.
Dann m'r wenn an' schtreffe losse,
Daß emol dess duch Geblut,]
Vu ohm doch als schoberlt so Bosse,
Eern geheer'ge Abyud trut.

Vetter Michel

Ehr henn recht un ehr henn's mache,
Ja, en so 'ner Bad es schee!

Un dennodß dee vrele Sache,
Wu's aach sunjcht noch gibt se feß'l

Vetter Konrad

Ja' dess hett ich schier vegeffe,
Daß ni r dodrum aach biegeß',
Dann m'r fein taa bfinne Heffe,
Un m'r wonn geern alles feß
Do fein mal die Brummenade
Mit abscheilich vede Leit,
Wu halt so aus alle Schtuate
Kummen en de Sammerszeit;
Un fein hoche Venßemierte,
Generäll mit Ordensschtern,
Un gelehrte, hochfchtuererte,
So mit Gicht behnfte Herrn,
Un noßß Weibsleit, von Prinzeffe,
Wie die Alde uff em Feld,
Mi 'me Darrus, gottvergeffe,
Wu halt loscht e Heiregeld!
Un do mischt m'r sich noßß drunner,
Grad aes heeri m'r mit beju,
Un ßcht halt sei' bloor Wunner
Fort unfunischt en alle Ruh.
Un bei verzig Auffegante
Machen do e Blechmußf,
Guck, die blooßen ganz schermonte,
Feine ausgewehlte Schtud,
Un eß kummer iiir' nie Deller,
Wie uff unfre Kerb bebei,
Dann dedt bofcht ßhm noch laan Heller,
Deß hol jener Kutzgescht frei!

Neppert trinkt m'r aans am Brunne,
Und so geht die Zeit so her,
Un an dene Nibaals-Schlumme
Macht m'r noch e Wald-Baddie
Do schtoht aach ein schtille Tunkel
An 'er wunnerschoene Schtell
Mit mißponsem Goldgefunkel
So e russisch Waldlabell;
Die hot aach ganz nowertriwwe
Perl geluxht un baarem Geld
Un eß aans so wie be finstre
Wunnerwerke von de Welt
Guck dest hot m'r all de Schwerzer
Schun bezohlt, von mit sein Baa
Drumme wor, un waasch' de, leiwer
Ganz uff Roschte d'r Gemaa.
Wann's Uhm noch noch eß gehe,
Dutt in'r sich die Schtadt bsorch'
Un focht veele Leit, meintwoke,
Wann se en's Theater geh',
Orrer m'r genießt em Freie
E Kunzert, wu brächtig klingt,
Orrer heert so e paar neie
Lieder, wu 'n Teroler singt
Denn wu so veel Leit hie gehe,
Do eß immer ebbes los,
Un was ablangt dies Begmarr,
Dobrumm eß dess Wiesbad groß
No, un eß ihr ferscht und brunne,
Trebt m'r's noch aa' und Manier,
Dann bie die Kur an so 'me Brunne
Die genießt m'r jetz Plaßir!

Vetter Michel:

Ehr henn rechd unb ehr kenn lache'
No, lebt wuhl! dort kummt de Zuck.
Ich muß Schloddele aunermache,
Mer' Wegmer ebb de Fluck,
Ja, wie lang wohnn ehr pläserlich
Dann dess Lewe trewwe so? ? !

Vetter Konrad

(ärgerlich.)

Ei, heint Owend, gang nabbierlich
Gein m'r nohb schun wirre do'

'n guter Roth.

Weil es wuhl 's beschde Drwe'
Bleibt m'r em lebb'ge Schtund,
Drwe soll m'r begewe
Sich enn dees Eh'jochs Band!

Ich hun geringe Mittel,
Ich hun kaa brache Feld,
Un so en Eh'schlandsbittel
Der kascht dennoch veel Geld!

Un wann 'r Ah' derbei krice,
Wu ahm nobb net gefallt,
Do hett ahm Trubsaal blee,
Do weed m'r's laarig bald

Drum fein ich b'r halt gange
En meiner Zweewels-Roth
Un woll' m'r fersche 'mol lange
Beim Nochber Butz 'n Roth.

Dess es 'n alder, schlauer,
Dorchtruow'ner Bifikus,
Un es u crecher Bauer,
Wer so was wisse muß

"Nochber, wie soll mer's drewe",
Saar' ich, schenkt floore Wei!
Heirathe, Lebbegbleiwe!
"Was weed es beschd wuhl sei?"

Do kann ich dich beleehre
Genoa, saat bruff mei' Butz,
Wann de uff mich wellt heere
"'s es alleboad nix nutz!"

Norr net vezuckert!

Ich bin noch vun de alte Art
Un will aa' jetz' so bleiwe,
Drum duhn ich aa' gaar veles halt
Net wie die Ann're treiwe

Zum Beischpeel kann de' Laxius
Ich jetz verdraue net lerre,
Un kummt m'r ahns mit „vezemell",
Dess bleib' m'r vun de Seite

Hernoddde bun ich kaamol net
'n Trobbe Wei' verlaafe,
Un dunn en noch veel wunniger
Mit Zuckerwasser daafe

Der wu die Daaf' erfunne hot,
Der hot sich Gall geschriewe.
Ich wollt', jea' Wasser wofr als Gall
Em Gals 'm schnelle bleiwwe!

Ich werr' emol mein Wei' m'r net
Mit sellem Wasser dulche,
Dann dess knabst unner'm Herrgott je
Emm en'e Handwerk pusche

Dess bunn de Naggewelle jetz',
Forr bei 'm Gelaaf je brunke
Bei meer es annerschd, dunn gottlos,
Mei' Jahrgang werd getrunk'!

Damit'r sein Wingert so dorch's Johr
Iderch dutt selwer dackt,
Do dutt der Wei', wu selbscht m'r trunk,
Ihm noch aa' brächtig schmadde.

Drets moo' noch tumme so wie so,
'mol sich un aa 'mol sauer,
Dees macht denohhert gar nix aus
Forr so 'n alle Bauer

Sie uhzen mich, m'r brent dees Johr
Die Perlei net verdrückle,
Ei no, wann sie eb'r'n Rosch't net wänn',
Sie soll'n en meer norr schückle'

Uff meiner Zung do werd emol
Net so genaa gewooe,
Un mit dem Wei', wu selbscht ich trunk',
Do eß aa' knens betrooe.

Ich kann's emol, ich glaab schun meh
Nes fuftzig Johr so treue,
Mit Zuckerwasser anner soll'n
Sie meer vum Hals wed bleuve!

De Zucker trink ich en Kaffee,
Do eß 't forr be Maae,
Un's Wasser gebb' ich halt mer'm Veeh —
Dann ich kann's net vetraae.

Die Schpritze-Busch.

Unser Vorjemohlschel'r hot
Letsht hie ebben dorchgefiehrt,
Wie em, wann de liewe Gott,
Werklich Dank defoor gebiehrt.

Dorr 'm Rothhaus henn se sich
Weje dere Wahl tratbiert
Un mit Jünsche schun merdriich
Un die Röbb gebumbabbiert

Un 's eb immer ärjer worr'n,
Kaaner hot gedenkt an Flucht,
Un sie henn sogar em Zorn
Schun nooch Schiller Hälz gesucht

Do, wie 's gang eb Klobb uff Klobb,
Kummt mei' Vorjemohlsche'r Fritz
Un er kummt em volle Trabb
Mit de große Feuerschpritz

Un saat. ruuig 'mol ehr Zeit,'
— Un werft schroly sich en die Brulsch —
Rorr noch zwaa Minubbe Zeit,
Robb eb schun der Brund geboscht

Die eb Feuer-Vollgei!
Kreischt er nobb, so laut 'r kann,
Unbesinnre' aens, zwaa, drei!
Drufl, gebt Wasser, alle Mann!

Un do war'n se aa' schun naß,
Puddelnaß hab'ch des uff's Hemd,
Un so hot Er Zorn un Haß
Glücklich von en abgeschwemmt.

Un nochb soor'r schämmen eich'
Was macht ehr m'r forr Vedruß,
Daß ich forr deis dertsche Reich
Euch minanner wasche muß'

Un bis schpeet zum Owend noch
Henn se wohb gewehlt recht gut —
Was forr große Dinge doch
So e Butt' voll Wasser duht'"

De richtig Weï'.

Was hot m'r hie' doch forr en Wer',
Der besseht was aarer kann,
Der hot 'mol Kraft un schmacht d'r fei'
Un werd dennoch sein Mann!

Dess es net immerdahl ese,
Ich war 'mol drenn em Land,
Do hatt' ich forr de Jhel do
Zwei Gäilche eingeschpannt.

Es war e Jurrehochzeit dort
En so 'nne klaane Reschd,
Ich well's net nenne mit kaa'm Wort,
Dess es 's allerbescht

Do es mi luschtig hergegang',
Es war en rechter Rutsch,
Un doch war mer die Zeit recht lang
Gewerre schwaamol.

Uff aamol kummt mei' Jhel her
Un raacht bei Perfche hall
Un saot. Nu, Kall, was es d'r mehr,
Saag' m'r, wie d'r 's gefallt?

Es es doch Wer' en Jummerfluß
Un Braade un Gelat,
Un Kuche, Obschd und Pefferuß,
Un alles delikat?

Je, saar ich, jo, 's eß all schun recht,
Ihr hann's recht sei' gemacht,
Un doch gefallt m'r 's dennoch schlecht,
Wann'r 's bei'm Licht betracht.

Gottswille, saar'r, her' m'r uff'
Wo fehlt's, was soll's noch sei'?
Un do gab ich zer Antwort druff
„Es fehlt m'r unser Wei!"

„Do sitz ich nu un trink vor mir,
Un trink und trink als fir --
's eß forr unnerschicht; dann guud, ich treib'
Un's Dorfschlubbche nur."

Noch losse m'r noch manche Schlumm'
Un sie henn doch gedacht,
Owwawohl, daß ich 'n domols dum
Ehr'n Schlawwer - Wei' verlacht'

Trum haa' ich hie bei m'r en Wei',
Der leische, was aaner kann,
Der eß b'r grad, wie 's soll sei'
Der werft doch aach sein Mann

Ei, Herr Dokt'r, guten Dach!

Ei, Herr Dokt'r, guten Dach!
Do eß mer' Theres,
Die hot gar e schlimmi Sach,
Der ehr Fa' eß bees

Un sie hot's schun ziemlich lang,
Hot aach schun gebraucht,
Awwer 's eß halt net begang,
Weil die Schmeer nix daugt

Un m'r henn uns hie un dort
Bei de Leit befrogt,
Awwer kaam en unser'm Ort
Hot gewißt en Roth

Un mer' Theres eß jetz alt
Nunenzwanzig Johr,
Un ich glaab', sie heirath bald,
Wann ehr Fa wär klor

Un do saat ich, meiner Treu,
So kann's net bleiwe,
Un sie soll m'r hewer glei
Mit zum Dokt'r geh'

Wann's aa' kojcht e schee Schtuck Geld,
's wär m'r net je veel,
Norr um alles en de Welt,
Mach' Er sie net kheel!

Un wann's kunnt' gehaalt ich' hett'
Noch en de re Woch',
Trefft mich's glei' e Stäbche Wer'
Ulchöro losche noch.

Dann bis Gunndaal es beschtellt
Nauer zu ehr 'naus,
Der hot dreißig Morje Feld
Un e ahje Haus

Drum Herr Dokt'r, gebb Er sich
Müeh' mit de Theres,
Nobbert loß ich frane mich
Weiter scheurees

Ei, Herr Dokt'r, gute Morje!

Ei, Herr Dokt'r, gute Morje!
Jetzt sein ich werrer do,
Un enn'd sein all' met' Sorge,
Un mei' Herz eß gar se froh.

Dann mei Therese kann jetz richtig
Werrer gude -- mann' ich dann'
Un aach kunscht eß alles richtig,
Un sie trebt 'n reiche Mann

Ei, m'r henn des Jahr veel Sache,
Hun ich zu mei'm Soh' gesaat,
Guß, do welle m'r b'r mache
Dem Herr Dokt'r aach e Freud.

Dann en so 'n Schlade se wohne,
Eß met seerem en Genuß,
Un des eß b'r gar net ohne,
Wann 'r alles loose muß'

Guß, mich hebt juscht net gewie
So e Fudsche Wei', uff Ehr',
Awwer aach, mit unserm Rees
Eß des Jahr net veel bemehrt'

Un do henn'r fott be lerre
Dokt'r nohb gedenkt was aus,
Un 'n Karg voll Gelle-Rieme
Bringt mei Soh ehm jetz' en's Haus.

Domit kann 'r ohne Sorje
Sich hall schlobbe schebbelrund;
No, Herr Dokt'r, gure Morje,
Un verzehrn Se se gesund'

Jetz sein ich Braut!

Jetz sein ich Braut, jetz sein ich Braut!
Ich kann's net recht fabbiere
Un hett m'r's gar net zugetraut,
Aß m'r's deßt heit bassiere!

Ich wollt net draa un wollt net draa,
Ich wollt mei' Herz l'rischt froue,
Was deß emol dezu deßt saa, —
Un's net uff gut Glück woue.

Un sie henn noer gelacht dezu,
Als luschtig un als froher
„Loß du dei' Herz sei' hübsch en Ruh',
„Un fro du noer dein Schwoer!"

Was hun ich net en dere Noth
Geweehrt mich un gezaurert,
Deß Hund der sein en Haas sein Tod! —
Sie henn mich doch veplauert

Jetz hunn ich's nu! Was dann, was dann!
Sie dunn m'r grabbeliere;
Ich trie en brave Wittverswann —
Un kann's noch net fabbiere!

Wer A seet, muß denahb au's B;
De Schäs kummt dun oue,
Drob gibt emol e raschi Eh', —
Waun's gut dutt, will ich's lowe!

's Gretche.

's Gretche, uns'r mei Mahd,
Teh hot mei Anfang, wie m'r saat,
Geschafft so drummer 'naus;
Gewe hatt kaan Sinn un kaan Dischband
Un aach e ubgekhirde Hand
Un war halt net fort's Haus

To saat mei' Fraa gud, dees eß mir,
Sei doch e brave Sinn un fir
Un geh' verschdunne draa,
Un war noch als fort hanniqem der
Gud', 's Denk dees eß gar net schwer,
Gewehne d'r's Denke aa'

Gud', 's Denke schuh' er Mahd gar sehr,
Un wann de wille, de werd's schun geh,
Faß d'r nerr rechde Muth'
Gud, wann de schejcht un Schweuwer erblicht,
Un wann de lachscht, un was de trechscht,
Dabei eß Denke gut!

To geht der Enwerl noch so leicht,
Un hebsche, aach die Zeit verschwecht
Ihm wohl, m'r waaß net wie;
Nu aach am Loh' do mußt d'rs schun,
Un noch hosch de aa' Ehr devun,
Wann's haaßt „Er hot Schennweis!"

Mei' Gretche gibt sich werklich dran
Un fangt d'r halt ze denke oo,
Un denkt mit aller Kraft;
Nocht kummt's un saat vun Herze froh
Ich hun gedenkt halt so un so
Un hun's oo so geschafft.

Bun Ufang hot mei' Fraa gelacht,
Nochd hot se e Gesicht gemacht,
Nao kam's 'r doch ze bunt.
Ich' eß se werrer hinungern dre:
Ach, Greetche, loß dei' Denke sei',
Sunscht geht mei' Haus ze Grund'

's halwer un e ganzer Mann.

Jo, des eß ganz annerscht kumm'
Mit em Franz un mit de Greth;
Dann ehns hett'n net genumm',
Un wann's kewe loschde beht,
's eß jo norr en halwer Mann,
Saat's, wu ich net wenime kann

Er hatt wuhl e scheee Gemäe
Un dezu noch veel baar Geld,
Nwwer's Greth saat, dessentwäee
Eß 'r doch net sorr der Welt,
's eß 'n schlekbeschleefer Franz —
Un er kann kaan aanz'ge Danz

Er hott aach em Kebb kaa Bosse
Un eß schtill un kennt kaan Zorn
Un eß immer uhverdrosse
Un bei jerer Erwet vorn,
Dann em Schaffe eß 'r fix —
Nwwer, ach, er plautert nix.

Dodrum hot's 'n losse loofe
Un hot noch dezu gelacht,
Dann ehns saat' wer mich will koofe,
Der muß sorr mich sei' gemacht,
Un ehns wollt' barduh en Mann,
Un's aa' Schlaot mit mache kann

Ja, ich hof's dann um de Peerer,
Der get freilich net weil Geld.
Awwer funscht eß en Schwerurder,
So gibt's mir meh en de Welt,
Was der Kerl net alles kann —
Ja, des eß en ganzer Mann!

Der kann plauwere un dauge,
Ei, do heert jo alles uff!
Un der kann die Welt eurcanne,
Un benohd, was schmeißt der druff'
Un was sauft de Kerl so hi,
Un was frißt die Greth ehr Michel!!!

Glück.

Mudder, Mudder, was e Glück!
Unser Cohätrie sein ferick,
Un jetz' horch mal, meiner Treu',
Unser „Großer" der eß frei!
Deß „warum"? will ich d'r soa;
Unser „Großer" eß ze kloal

Die Marrie kann sich losse seh'.

Die Marrie kann sich losse seh',
Dess es e Mäder, stolz un schee,
Wie mr 's em ganze Land net finnt,
So gut unb fromm aus wie e Kind.

Sie es so frisch un jung dau Johr',
Un Aue hot se, hell un kloor,
Un kloor un hell es ehr Beschtand,
Un hurt un fleißig schafft ehr Hand

Sie es net korz un es net lang,
Net so ass wie e Bohneschlang,
Un es net braat un es net dick
Un hot zu allem veel Geschick

Sie trebt ke Ferrer un kaa'n Hut,
Un all' ehr Kloarer stehn 'r gut,
Sie kummt so leicht und flink doher,
Als wann se e Prinzessin wer.

Uff's Schwabbeniere gibt se nix
Un es doch mit ehr'n Määdche fix.
Un wann se freindlich mit ahm schpricht,
Do lacht aa' schunn ehr ganz Gesicht

Ich glaab, sie hot nie net gegrrnt,
Un hot em ganze Ort kaan Feind,
Un meh' aas Ahner eß 'r gut —
Sie awwer bleibt uff ehre Hut

See hot e lustlich gut Gemüth
Un waaß manch wunnercherlich Lied
Un hot e Schtimm' van hellem Klang,
Zo wie se heert zum frohe Tanz.

Sie war aa' en kaan Enschltbut
Un eß meer doch van Herze gut,
Un nuuermerze werd se mel' —
Gell, du behtfcht au' Hochzeiter fel'?

Zu guter Lobb.

Ach Gott, ach Gott, met' Hannes'
— Er hatt aach nie not Ruh, -
Un wann 'r hot em Schtubche,
Nobb schmeißt'r alsfort zu!

Des eß emol en Schrette
Nin erschte Kerwe-Daa,
Wann ahm ki' aanzig Kind holt
Werd so en's Gans getraa!

Er war' se henn se kurort
Gedrosch uff ehm ernm'
Ach Gott, se henn mein Bu' so
Geschmeß' ganz lahm un kruum!

Ach Gott, ach Gott, wre matsche
Un blaach eß ki' Gesicht'
So war er jo als frier
Noch nie net zugeriebt!

Ach Gott, was fein der Kerl do
En Guff so wühtsche un groß'
Was han'r'! er hot alles
Jeb bruht do uff de Robb'

Ei jo, do leßt sich frellich
Mer' Angscht un aa' mer' Zorn,
Gottlob, daß doch kaan eble
Dahl net velebt eß worn!

Jeer leit so ebbes en Gemieth.

Jeer leit so ebbes en Gemieth,
Dees brickt mich, wo ich geh' un schteh',
Ich saa' als verlmols Gott behiet',
Meer es 'os jo zum Schterwe weeh

Ich hun jo gar kaa richtig Ruhsch!
Kaan Schlofe un an uiz meh' Fraab,
Mich drickt's em Kobb un uff de Beuscht,
Mich drickt e unbeschreiblech Laab

Es sein m'r all mei' Gloerer schwer,
Ich saat schun verlmols zu mei'm Mann
Meer es, aks kem' e Uhglick her,
Wu kaam net dem uns hamme kann!

Do saat'r jo, was soll brös sei'?
M'r henn jo doch ferschtt gut geschlachbt
Un henn em Keller neue Wei' —
Un hot mich nobbert ausgelacht

Ja, lach du norr, hun ich gesaat,
Wer waaß, derr kummt ebs Greme noch,
Dann wann'r sich aam mehnsche fraat,
Kriehrt abm see Glück ferscht recht e Doch

Ich fehn's jo kamme, denn es hot
Uff mich ebs mehnsche ebs abgsteh',
Un kann's net änn're, liewer Gott,
Meer es ees jo zum Schterwe weeh!

Was hadd' mich's dann, wann ich schwei' still,
Ees muß jo doch einol ennas.
Herr, meer gscheeh nee deinem Will' —
„Ees kummt e Sohnsfraa jetz' en's Haus!"

✦

's Glokke-Fescht.

Die nei Glock do em neie Thorm
Die henn't enuigeweiht,
Do hot's danu glei' so ebbes Schlurm
Soll gebb' bei manche Zeit

Es gung halt flott bei gutem Wei'
Bis durch 'nen en die Nacht;
Duin wann 'mol so e Fescht muß sei',
Werd's nobb ae' schee gemacht.

De alte Borjemeschter's Schreck,
De Wudegießer Bloch
Un de Gemaunerath warn do
Un hauern ann're noch

Un war b'r alles nobb voll Freud',
Un's gab manch scharme Schloß;
Herr hol de Meschter's Bloch gesoi
Ehr Herrn, es kescht noch was!

Danu mit dem ane Glöckche bles
Tens ch net, wie 's sei' soll,
Dess Ort ch groß, de Thorm ch groß,
De Klang der ch net voll.

Ehr Herrn, die saa' ich's frei beim Wei',
Ehr henn zu veil geschbaort,
Es müßt'n scharme Drußlaug sei',
Dess hett' die richdig Art.

So saat'r, un de Lehrer Berg
Der saat. de Bloch hot Recht.
Dann so en runde, volle Klang
D e r macht sich gar net schlecht

Un wie 's gehaaß hot. rund un voll,
Hot's aach gehaaß. bringt Weil'
Noßd henn se all geschrisch wie doll
Es muß en Dreiklang sei"

Und wie se henn gestrisch eso,
— 'se hot Jeeren doch gefrant —
Do hot d'r unser alter Schtroh
Denoßd zum Bloch gesaut.

Herr Bloch. jetz henn'r schun de Froschl,
Toch Rahmens de Gemas',
Do machen Se — waßd noßd en loscht —
Una noch en Dreiklang dran!

Ess hot sich immer net gemacht

oder.

Wie 's mit d'm Nerdgnag um 'e Schuster läteht

Ei, mit Derlaub, Herr Pfarre, weil Sie mich do frage
Un denke, scheint's, van meiner Rechtlichkeit net gut,
So will ich Ihm frei mei' Berzenemeinung sage,
Was ich jetz halt vun diesem ehrwerdige Enscheibel,
Sie werde erfahre, wann ich nebb uhoebrojte,
Un bette sehr, mer nix je nenune trauen,
Wann ich en diesem Punkt' mich frei eraus duhen losse
Als Mann, wei en de Welt eß summe weil eraus.
Sehn Se, ich bin vun fromme Eltere gebore und gezoge,
Un schun vun Inbuss war mei' Schtellperch die Rollizoh',
Nohd hin ich en de Welt sehr weit erauegeslege,
Als Schuster, wesse Se, uff meiner Profeßjoh'.
No, wer dess geht eso! do muß m'r manches herre,
Was Ihm gans err macht un em Glauwe schteert;
Dann do gibt's allerlei vun Mensche und vun Lehre,
Wu so e Berschche rauggeniert, wann's zuletzt druff heert
Do butt nadderlich dann de Buchehum sehr floriere,
Un, leiber Gott's, am Suumbaul werd eis mehrschel gelumbt,

Un lejt sich nohb be Zul por Kerch norr schwach verschbiere,
Bis noch un noch deß lerzliche Entreße ganz verschtummt.
No, anner als Famillje-Vatter un als Merschter
Sieht m'r die Sach' doch rubber annerschel an,
D'r liest aach 'mol so was vun große Gerichte'r,
Wu selbscht gemeint, eß wär' am Glawve doch was dran.
Te Glawve eß forr die Menschheit jo so nethig, wie die
                              Kohle
forr's Feuer, un de Bechbroht forr die Schuh'!
Wiewuhl m'r naggelt jetzert mehrentheils die Sohle,
Was werklich aach en Fortschritt eß hall noch derzu.
Ja, seh'n Se, un so bin ich widder druff gekumme,
Daß ich vum höhere Gesichtspunkt aus die Kerch betracht,
Un hab m'r werklich hummertmol schun vorgenumme,
Aach als enenn se geh' — doch hot sich's widder immer
                              net gemacht
Alle Reschpekt forr dene lerzliche Gebrauche
Un forr e so 'me alte, ehrwerdige Uschtidut,
D'r siht's jo aach en aller Herren Reiche,
Sogar bei dene Heide un bei Derk un Jud',
Un wann's alter werd, do leiern Ahm so Sache
Noch näher, 's trifft Ahm aach emol e Ved,
D'r duit sich immerhle gewisse Bewerung mache
Un denkt an Dood un an die Ewigkeit.
Und eß norr leider do der Weltgeischt ewe
So uff dess Materielle so verseße un verpicht,
Daß faschd die mehnschte Leibcher jo dahre buhn lewe,
Aß braucht m'r Rellijoh' un Kerch nicht
Deß sollt net sei'! un die Regierung derft's net leide!
Deß unnergrabt die Fundementer vun dem Schtaat,
Un eß en unsre uffgekleerte Zeite
Forr dess heranwarwarde Geschlecht e brech Saal'

Ich halt jetz druff, daß m'r ...: Kinner misse
Des Sunndaags en die Kerche, un ich saag's en oft,
Daß mit d'm Mensch nix is, ohnig e gut Gewisse,
Un daß 'r ganz verwildert, wann er nix glaabt un hofft.
Dann, gucke Se, so hocherhaaw'ne Lehre,
Wie unser Relijoh' es druff gebaut,
Die kumm'r nort gefehlvoll un mit Ahdacht heere,
Wie der Eckraabes schun bees hot vorausgeschaut.
Wie dene alte Remer schun und Grieche
En gewisse Beziehung gebb hot gute Lehr,
Daß sich aar Ahdeil deß die Gottheit fügt.
Un daß de Menscheseel uhsterblich wär
Un weiter wär noch dieses aafehrt
Bun dere kräftige Moral en Gottswort,
Wie m'r en unsre Zeit sollt schärper erdimmere,
M'r heert jo nix als Diebschdaal, Trug un Mord!
velbst hawwe m'r e Werkschdje familjar gemde.
Dem hawwe's schun mei' Kinner aagemerkt,
Dres war d r offebar ganz gottweehr
Als so'me Mehlbappe dorch un dorch gestärkt
Un unser's Brood heert m'r dieselwe Klage,
Doch es des Vockaeschäft ähm net so gut bekannt,
Nort deß se gwi' enuff un net erunner schlage,
Es Inwerdortheilung und es e Sünd un Schand'
Un en mei'm eigene Geschäft' m'r muß sich schemme,
De kummt die Puschern jetz leiter odeauff,
Wann jed' Geselle sich's frischwed derf unnernemme,
Un duß meer nix, deer nix, sich flott als Meischter uff!
Drse heißt de Schusterschland erunner betrabbiere,
Un es aa so e Zeiche vun de Zeit,
Un muß der alte Meischter rumgemurrte,
Un schiets mit gurer Waar bediene ehre Zeit.

Wann dees noer noch e Weil so fortgeht, alle Wetter!
Gebroßt's die menschliche Gesellschaft noch in ihrm Bestchand,
Daß se gebrochl wie schwachlich Owerledder,
Wu schun beim Gerbe halwer eß verbrannt!
Doch, wie gesacht, um widder druff fertig se kumme,
Vun diesenem Gesichtspunkt aus betracht,
Hab ich m'r werklich hunnertmool schun vorgenumme
Auch en der Kerch se geh', doch hot sich's leider immer
        net gemacht.
Ich will net dewan redde, daß gewißne Zeit',
Wu selbstcht nix glaawe, Ihm nicht zu druff seh';
Dann wer 'mol en de Welt iß erumgekumm' so weit,
Loßt so en Ungerchtand schun immer sich ergeh';
Jedoch eß hahn sich aach mitunner Umschtänd treffentare,
Wu m'r eß werklich mit d'r Arweit so bressiert,
Daß m'r net Hend un Füß genug kann rühre,
Wiewohl m'r selbscht de Druck vun dem Behinderniß
        verschpiert
Do hot m'r dann am liewe Sunndaamorje,
— Ich leugen's net — mit manchem Schtunnel noch sei
        liewi Noth,
Un schlert halt so mit lauter Schachtersorje
Un aß en Schachterschtuhl die Morjenkerche bob!.
Un eß net recht, un rummerhie lußt sich wahl aach en
        Ausweg finde,
Daß m'r kannt werklich 'mol so dann un wann
Den sonndäglich Arweitschlandpunkt nauerteende —
Jedoch der beste Zeitgeischt hett Ihm en dem Bann!
Der Zeitgeischt, saag' ich, hot dees all eruffbeschwoore,
Un's wär ved besser, wann 'r gaar net wär;
Dann wann emol die Ftrung eß veloore,
Noßd macht sich jeder Kerchgang hall gar schwer.

Deß eß die Sach' Sie werde jetz mich excusiere
Drum wege meiner ebbes lange Reed,
Es war m'r lieb, daß ich 'mal Ihne halt konnt expliciere,
Was mit dem Kerchgang halt bei so 'me Schuster schlecht
Dann, wie gesacht, de gute Antrieb eß jo schun vorhande,
Weil m'r vum höhere Gesichtspunkt aus die Sach' betracht',
M'r schickt nerr en Geschäft un en dem Zeitgeist seine
Bande —
Do hot sich's, leider Gott's, noch immer nel ge-
macht!!!

Beim Bedinge.

So Madamm', jetz' buhn ich do
Sie mei' Mädre Ihne bringe,
Weil Sie's doch 'mol gerne wönn' ho,
Will sich's an' bei Sie bedinge.
Un Sie derfe nooch'm froge,
Ehne eß ordelich gefoos

Jo, mei' Kinn' sein all recht nat,
Un hot laans noch nit geschtohle;
Dann ich saa wer so was duht,
Den muß glei' be Denwel hole;
Un mei Mann ·   brâs kann ich saas
Deht so alaas zu Schliffer hone

Der schmeißt Ihne druff row doll;
Dann sei' Schtolz dees sein sei' Kinner,
Un er eß als ofters voll,
Und nooch haußt 't, wie en Schinner;
Awwer funscht bei all sei'm Brille,
Loßt er ehne doch ehr'n Wille

Er seet· „Senn m'r norr recht schtolz
„Un buhn ich forr kaam nit bicke!
„Natu un Reich sein von oem Holz;
„Woßt die Reiche nooch sich schicke
„Un macht ehr 'n ina Flobbuse
„Dem grewwe Kasterufe!"

Jo, dum meine Männer all
Kummt m'r kaans net zu de Daure.
Forr die Riewett nerr em Schtall
Dehren se dann doch mich daure,
Nimmer's Rathche, jo, bei Ihne
Mogs emol dritt Johr doch bliewe;

Wann's 'm nabb nemmeh gefallt,
Braucht Ich's jo net se schimmere
Und kann nohb meinkradde hall
Enn're Schtadt fei Glick browmwere,
Dann da dexn se mich Begnere
Und dahn aler' meh' Bildung treee

Ehns eß jetzert suffzeh Johr
Nu ehns hat schun schierli Knecht;
Doch was wohr ek, deß ek wohr,
So em Wählche zu em Nache
Un em Buße, Reue, Aehre
Wissen Sie's hall noch belehre

Ehns hat aa' fein aigne Keeb
Und eß aach als 'mol bedroße;
Amwer fein Z'm nerr recht grobb
Un deterwen Z'm bie Boße,
Wann ehns aach als 'mol bebt britte —
Laffen S'm nerr net fein Wille'

Ehns eß sunscht e sauwer Kind,
Groad wie sich's forr Sie dut baffe,
Nu eß horrbig un geschwind,
Un waaß alles abschaffe;
Dubn Sie's hall nerr dachdig lehre,
Ehns soll aah was draffedeere

Jo, ehm hot's aa' schun geblieht,
Taß ehns en de Uhrn mußt schanze,
Tofort hot's aach Ohrring' brieht
Un sei' Schtiwwelcher zum Danze
Un en neie Kamm vun Büffel
Un e Klaad mit Büffet-Strüffel.

Dann wann's haaßt   es gibt Bleffer,
Tu dutt alles an em zannw'ke,
Un ehns blieb net — un wann's schier
Nitt uff Deaa und Füß fort krawwele;
No, Bleffer en alle Ehrn
Soll m'r junge Leit net wehre'

Ehns hot bohrenn mei' Rabbau,
Dann enn meine junge Juhrr
Ei, do nß mich's als Turchar
No' de Kerwe bei de Boore,
Jo, Madamm, meer war gut gew;
Dann en Danz sucht ich mein's Glek.

Jo, das dauert korze Zeit'
Dann was dutt so Mädche Wiw'
Daß se nohd, ehr harre Zeit,
So en wähsche Erper krwe!
Ach, Madamm, dets dahn ich kenne,
Do gibt's nohbert net se Kenne.

Drumm, wann als eß ebbes los,
To werd Sie's doch net bedriffe,
Taß ehns als e bische blos
Terf sei' Jugend mittgenieße,
Un uff Kerb, des werrn Se wiffe,
Daß Em drei Daa loffe miffe.

No, ich denk, kaa Junrerläscht
Werr'n S'm doch gewiß net mache,
Weil's jo eß e Kind noch jäscht
Un ner brnn en veele Sache;
Lehre Sie's nerr affebaffe
Bei de Teller un de Taffe!

Ebns hot Robb un hot Schennie,
Ebns soll loffe nerr sei' Farr! —
Jeß de Doß', dess reffe Gu,
Der hot heit fe Daa sei' Tarr;
Jo, do werr'n m'r uns met schtreire,
Eu sern aamal deier Zeite.

No, Sie werr'n aa' dann un wann
Euntscht noch aan mei' Kutsche denke,
Un was ehm noch brauche dann
So van Kloaterwerk ehm schenke,
Dann ebns hot sich vorgenumme,
Beffer enu der Woll se lumme

Un druuß enn ehrem Haus
Ebb's aach manches noch bewere,
Dann do gehd s doch enn un aus
So mit Beit, vun Drinkgeld gewwe,
Un — daß merr dess net vegiffe —
Dobruff eß ebns narg veseffe

No, wie eß dann? — zwaa Paar Schuh',
Ua Paar van de frensche Sorte,
Un zwaa Hemmer nohd dezu,
Un en Numerrock met Borte,
Un dann Schnrzder nos Beßiewe —
Dess eß wuhl net vuwertrewe?

Un berogt on boarem Geld –
Rott des Rietgeld onegenumme —
Bun ich mol so hergestellt
Hunnert Mark en runde Summe,
Jo, des duhn Sie gar net schwere,
Un ebnd kann's jo 'mol bronnere'

Jo behnam do lennts gewiß
Uff zwaa Bloy' noch hächer greife,
Nuwer weil's edo erscht'mol is,
Well mr sich zulächt net druff schterfe;
Jo, hu den, ich deht mich schemme.
Glei ess Maul jo voll se nemme!

Ach, Ann-Lissbeth!

Ach, Ann-Lissbeth, ach Ann-Lissbeth,
Was sein ich d'r so froh,
Der, wu mich hot so lureniert,
Der lett jetz' uffem Stroh

Was ham ich dann, was tun ich dann,
Saa 'mol, der ehm gefunnt',
Sun meh' als funfunzwanzig Johr
Noch kaa' vergnügli Stunn.

Mei' aarmer Kid, mei' aarmer Kid
Tutt m'r jetz' nemmeh weh;
Verdenkt mich's 'mol, wann ich de saa
„Mei' liewer Mann, ade!"

Meer ich so wuhl, meer ich so wuhl,
Wie 'm Voгel enn de Luft,
Dann guck emol, se traa'n 'n heit
Enans noch en sei' Brust.

Jo Ann-Lissbeth, jo Ann-Lissbeth,
Du gehscht m'r awwer mit
Un bleibscht ben m'r, dann guck ich ben
Kaa buch e großi Bitt'.

Guck, wann ich schu, ass schterzt ich um,
Do hellscht be mich sei' paart,
Und Ann-Lissbeth, guck Ann-Lissbeth —
De Uhrschland werd gewahrt!

Ich hätt's so geern!

Jo, se hemm'r all gerore,
Ich sollt mol en's Wiesbad geh',
Deß wär gär all mei Knore,
Defoer behren se m'r schleh',
Rohd en so 'ne Woch'ner drei
Wär schun mei' beiß Gicht vebei.

Jo, ei so, se hemm gut schwehe;
Denn sie gerolore nit deju,
Nimmer mich so bes se sehe,
Tober hett ich doch keu Rluh,
Un wie ging's dann en mei'm Haus,
Wann ich glücklich 'mol wär' b'raus?

Jo, deß wär e schee Vegnice'
Rohd und Knecht die behren dann
Rore beschummle un betrier
Alle Doa' mei'n dumme Mann,
Denn so Zeil schleppt alles fort,
Wann die Fraa es net enun Ort

Jo, un behren alle Morje
Sech verschloofe ebe wer nix,
Ach, un behren scher beforje
En dem Schtall meh' aarme Kuh',
Guck, un fort mei' fette Sau'
Wär die Herrlichkeit vebei!

Ach, ich ging jo, hol's de Schinner,
War's m'r norr net so Aaa;
Anwer, gud, so ennig Kummer
Eß m'r werklich immel bran;
Wann's ahm dobel gut sell geb',
Muß m'r selbscht nao' allem seb'.

Jo, ich behl's doch 'mal brommere,
So emol uff korze Zeit,
Warum r ahns behl garanbiere,
Daß ich wohb war 's Gicht gewellt;
Anwer so uns dorn eurd
Schmeißt m'r 's Geld net en de Dreck.

Jo, 's eß wohr, ess doll mich querle
Hartg dess verdammte Gicht,
Un ich kann's gar net verzehle,
Wie dess recht un wie dess schlecht!
Ach, ich ging jo glei', uff Ehr,
Wann dess Wißbad hie grad wär!

Ich kein verheht worre.

Was es m'r so bammel
Was es mr so bumm'
Damm'r alt es zwanzig Johr.
Un heert uff die Zeit'
Un es nod g'schribt,
Un hebt en de Sache mit Koor! —
„Ich kein verheht worre!"

Was hatt' ich en Dinschel!
Was hatt' ich en Dinschel!
Un was hatt' ich en frooe Muth!
Die Erwelt mit dorb,
Es war m'r e Schperl —
Un mei' Herr un mei Froo war'n so gut!
„Ich kein verheht worre!"

Un wie hun ich's jetz'!
Un wie hun ich's jetz'!
Urow'r mee geschieht's so schun recht!
Kaa Schkunn kaa Rub
Un geschoole dezu,
Un's Esse un's Drinke schlecht!
„Ich kein verheht worre!"

Un ich ging d'r fort!
Ich ging d'r fort!
Wie knapps mei' Johr war erum!
Ehr liewe Leit,
Wie mich's gereit'
Ehr Leit, was war ich so dumm'
„Ich kenn vebeßt werrn!"

Was sein ehr so bees!
Was sein ehr so bees!
Ach, unser eens eß noch jung!
Meer geschieht's zo recht;
Nuwwer ehr sein schlecht.
Ehr Leit' mit de beese Zung'!
„Ich sein vebeßt werre!!!"

Balwierer un Nachtwächt'r.

En unserm Ort do wollten 'mol
Die Herrn Balwierer schtrikke,
Sie henn gemaant, deß geht eso
Un muß uhfehlbor glikke,
Sie schtell'n die Breiße en die Höh',
Wu net' gut — se balwiern nemmeh!

Die Nachtwächt'r die henn deß Ding
Vun weitem so venumme,
Do sein se schun mit ehrem Horn
Zum Borgemohschd'r kumme;
Sie wotn meh' Loh' un ebbes Korn,
Wu net, do bringen se ehr Horn

De Borgemohschl'r awwer seet
Do kann' ehr mich net schrekke,
Un wann ehr nemmeh wollt, do schtell'n
Eih Horn nott en die Ekke!
Wat weiter ennlich werd gescheh,
Deß werr'n m'r uffem Rothhaus seh'.

Nohd sein m'r all sesamme kumm'
Bis uff die vier Herrn Schtrikker,
Un henn zum Glick an glei gefunn
Uff ehrem Drumb en Drikker;
Doch kaans hot was geheert en Ort;
Dann kaaner hot geredt e Wort

Un unner korzem herm sich nahb
Es Notzens bei ehr'n Kunne
Die Herrn Balwerer hie un dort
Ganz heftich eingefunnt,
Se lemben, waar'n se zu de Bott,
Mit ehre neie Taxe herf'

Do hot's gehaaß nunnemal
Ich loß nemmeh balwiere,
Dann dobei kummt'r Geld un Zeit
Net wining breschdiere,
Un so en Bart schteht ahm aa' schee
Drum krawten se nort wirre eeh'.

Un bei de Wääht'r hot's gehaaß
M'r lossen nemmeh blooße,
Dann domit werd nort Leem gemacht
Ses Nachts ufh dene Schtroße,
Un 's Ort dess kann aa' so beschteh'
Sie kraut'n halt nort wirre geh'

Do henn se annner bo geschtann',
's war werklich zum Lebanre.
Un hot gehaaß bei Jeddermann.
Ja, uff'n eich mit de Bau're'
Un mit de ganze Schtrillern
Ward en fort allemol debei.

Du liewer Gott, sie sein nahb leß
Gekumm' mit Rammenbiere,
Sie wänn' jo gern forr'n alte Preis
Uns bloße un balwere
Un henn sich nach bedankt recht schee —
Die schtrillen ehr Lebdaal nemmeh!

Ich nemm' en doch!

Ach, Greth, was sein dann dess for Sache,
Ei, saa 'mol, es dann werklich wohr,
Ass du willt' nachschdens Hochzeit mache
Mit Ihm' behüet' dich Gott bewor!
Der es d'r jo en Ort benuse
Ass we e dess Sechstreu'richtid.
Guck Greth, ich beht serul noch huse
Un mich bedanke for dess Glid.

Tem schridt jo doch sei' Haaptorgwee
Nort bleiblich, rou's haaßt Dei un Traum',
Ach Greth, was wersch' de aan 'm treue,
Ass so en rechde Werthshauslumb!
Waasche du dann net, wie der's getriwwe
Hot schun bei seiner erschde Fraa!
Uff der ehr'n Buckel schtzht's geschriwwe —
Ach, Greth, daß uff, so geht deer's aa'!

Jo, Therres, jo, was will m'r mache'
Ich hun m'r's aa' schun uwwerlegt
Un wenn es aach graad net zum Lache,
Ich waaß schaun, wie m'r's bei en geht;
Ich kann' mich aawer't net bedenke,
Ich nemm 'n doch, de wahlichde Drach',
Un wann' mich's nohdert aach dutt kraake -
Er hot doch gaar e scheene Sach'

Die Filoxera.

Wann'r e Vorjemahljoh'r eß,
Was hot m'r do fort Müh und Laschd!
To kummen werklich Sache vor,
Wu ahm de Rebb vergwerrale laßht.

Do schreibt m'r letscht 's Areläamt hie,
Ich soll em gleu berichte fix,
Ob hie wär der geföhrlich
Filoxera drowhschdermix?

De Drund wußt ich, was drou eß,
Ich hun dann bufchdamniert zuzu Schlunn,
Un hun gefroot, wer der soll sei',
Un han's doch nit raus gewann

's eß überhaapt en unserm Ort
Aa Weibsbild, wu gefährlich wär,
Dofort do glaawen mi r an Gott
Un henn halt Kerch un Kinnerlehr

Un en Schdemmer-Nahme hot
Jed Mädche halt un jeti Frau,
M'r hot wohl Greth un Therres hie,
Awwer nit aa Filoxera.

Uff eemol eß m'r engefall',
Letscht war'n Ziegeunerweibsleit hie,
Do kunnt's aa d'rum geweßt halt sei',
Dann dene kann'r traue nie

Do geb ich euwer selbscht schun Acht,
Des han ich noch enem berecht' —
Dann daß des Voll verderwelt schießelt,
Des es d'r jo e all' Geschicht

Kummt m'r so Zeit nort wirre' her'
Bun ich gefaal zu meiner Fraa,
Wass arriebier ich d'r denohd
So e besfucht Filoxera!

Uff em Kreisamt.

(Moorro II.)

Do sein ich letschst uff's Kreisamt kumm',
Do sußen d'r vier Schreiwer do,
Un wie ich kumm, do pangen die
Uff eenmol an en Mordekulloh

No, faar' ich, no, wacs eß dann loß? —
Do heun mich ausgelacht des Vier
Un heun mich guckt mit Aae an',
Aß wär ich so e Wunnerbheer.

Deß war m'r anner doch zu veel
Un ging m'r gäe de Reschpekt,
Wann's net grad dort gewest hält wär',
Ich hett' der's net so eangeschteckt!

Ich kem an' gler' zum Kreserath 'nenn,
Do hot der aa' so halb gelacht
Un hot gesaat: „Wie schiest es denn?
„Sie hawwe se wohl mitgebracht!"

Un hot mich grad so angeguckt,
Aß wann ich nimmer wär geschnabbt —
Deß war m'r anner doch zu doll
Un hot mich ganz verslucht gekrabbt

Do faar' ich „ich sein net de Narr
Vum Kreisamt" — un do faar' 'r „Ja,
„Das ist ja doch en Schwätzchen nur
„Von wegen der Pletzra."

Rohb saar'r, die Klapera,
Un lacht' mich wirre bebel aus.
Dess wär jo das Zigeunerawatſch,
Deß wär jo narr' e Rewe-Baus.

So? saar' ich, so? Dess eß jo ſcher!
Dess ſeht jo aus wie lauter Ufg!
Un dess derf amtlich vorr ſich geh'?
Eh loll'n jo krær aff my Gwis!

Rohb wollt ich fort hall en mer'm Zorn,
Dess hot 'r m'r boch aageſeh'
Un hot m'r gebb hall gure Wort —
Eunſcht hett' ich en glet' loſſe ſchleh'

Ich hun's em anorer noch geſoat,
Ich saar' en ſchreiwen beitſch, ehr Herrn,
Tann wann ich Borpewohlſchter ſein,
Do brauch ich koa Franzoſch ſe lern.

Un ſoat, was eß dann bo beber,
Gott's Hammelheiliaſakrment,
Daß ehr en ener' Schreiwerei
Dess Krud met ber ſeme Rahme nennt!

Eunſcht kreen m'r's jo boch uff beitſch,
Dun weje Roube orrer Maus,
Worum buhn Sie ſich dann ſchennier'n
Dun weje deme Rewe-Baus!"

Deß lamm m'r oa' bemohb beſchieh',
Saar ich, un ſchtehe en Kretbamt ſei',
Wann's lergt, daß m'r en bere Zeit
Net oa' noch Schaare hot am Wei'

Drum, saar ich, saa ich's noch emol,
Rorr immer als fort deitsch eraus,
Eb es eb mit gäde de Reschbekt,
Wann's Reichsamt kummt mit ere Baus!

De hot 'r mr die Hand noch gebb'
Un hot so bald debei gelacht,
Herr Borjemohschter, saut 'r noch,
„Dess hawwe Se recht brav gemacht!"

❧☙

Deß hot ahm noch gefehlt!

(Filuuus III.)

Do hot's em Ort gefchellt beit aus
Wann Ahmer kricht e Hews-Haus,
Do foll 'r nohbert baam mit fchbringe
Un fe em Borgrunofcht'r bringe

Herr Gott! dess hot ahm noch gefehlt,
Wann 'r fich fo ros Johr dorch quelt,
Rlos m'r en gute Wet' well gewe,
Daß each die Schlod noßd Hews noch kriwe!
M'r henn fo fchun dess aamel Frofch!
Un noßd mitenner Baww'r-Hofcht,
Un henn de Uhglick-Gewerworm
Un henn em Sommer manchmel Schlorm,
Wu ahm der Tromorfchliehl belevert
Un badederch de Reifch! befteuert,
Un wann 'r moant 'mol ell well gilt's!
Do kummt e fo 'n beflucht Hilz
Un butt de ganze Schlod vehrert,
Daß m'r bann nix weh brofteberre,
Un manchmel hengelt's em 'r Ru —
Un jehert aa' noch Hews dezu!!!
Un eß ahm dess all wirtefahre,
Un hot m'r hawerahß fein Schaare

Un well benohbert was bronnelere,
— Blos forr fein Schaare se correre —
To seat de Schhaat· deß dreßt net se',
Daß m'r nischt Waßer enoug Wer'.
Werwohl m'r dull's nohß dach riskiere
Un lebt sich uff des Jammyere,
Dann wer nix woeagt, gewinnt aa' nix;
M'r muß noor schöun bald se' un fix
Un dert sich net verwische losse

Doch werrer uff die Bäus se kumme,
So weil aes wie ich hun bennumme.
Se schnarre se beich ehren Schlich
Un, ach, vemehre'n sich ferchterlich
Wann die ferscht trennen hie ehr Wese,
Do truckt m'r ebbes abselese,
Un so e Nel vun Weferei
Die ch aa' selig, meiner Treu!
Wann verhischde etewer von de Bou're
Tutt mich de Vorgemohscht'r bou're,
Dann der truckt halt von allem Dreck
So mit Salven se saa', de Schbed.
Dem werd d'r so un Alt' un Junge
Dies Ubgenffer all gedrunge,
Dies aamol Renver, nohbert Schbatz,
— Dann funscht losch's aba zur Schtrof bei Baße —
S anner mol die veele Mäus
Un jetzt on sogar nach Saus!
Ja, sei' norr Ubner aumool Baner,
Do werd' 'n nohß ets Beue sawer!
Dann die Essoeeme hot Mutte,
Do muß m'r halt uff alles gachte,

Un derf noo Beelern gar net fraae
Un muß sich schinne halt und bloos
Un muß b'r meh' als aamal sich
Ser' schöne Sach se Grumb halt geb',
M'r trae'n aa bess eß m'r Aaoe,
Schun werrer 'mol e maager Johr;
Do ging's ahm lustig un, uff Ehr',
Wann net de Keller voll noch wär';
So awwer kamm 'r's hasseblere
Un dull's verleicht so aag net schwere,
Dann bess schdeht fehcht, do well' ich druff,
Ehr sollen's seh' de Wel' schlaat uff!

De letscht Auswehk.

Herr Amtsrichter, Herr Amtsrichter,
Ach, gewwen Se m'r Rothl
Ich waaß, Sie sein en braver Mann,
Mu koam sei' Uhrecht wolle kann,
Un ich jein aarg en Roth.
Wann werr die Jurre locz en Kaa
E Dunnerwärrer dehl weschloo'!

Herr Amtsrichter, mich hut de Schmul
Abscheilich aagschmiert;
N'r waant net, 'aß kunt mählich her',
Warum 'r mel eß beschpritzt van Wer',
Daß ahm so wat basstert;
Der hot merr jo en aawer Schlann
Finsthunnert Mark glatt abgeschuun!

Herr Amtsrichter, du liewer Gott,
Eß dann do nur je mache!
Druh eß jo doch enfam gedrellt!
Un eß Betrud werr aller Welt,
Druh sein Gewitte-Sache!
Wann's besorr jo vel gebt Gesetze,
De kummen nohb die Jurre-Hetze!

Ich kann mich nimmeh' losse seh'
Un hun ka Ruh em Haus,
Die Frää kreischt m'r die Ohre voll,
Die Kinner hasselaern, zwe doll,
Un jeres lacht mich aus,
Un so fortbummert se verschoarze,
Dess krawwelt ahm, wäaß Gott, em Herze!

Ich maag grad mache, was ich will,
Die Sach hol ich ehr 'n Aaul,
De Schmul loßt merr kaan Penning nooch,
Ahrwoohl er mich enlaam betrog,
Er seggt norr „Kaaf eß Kaaf!"
Ei, so e Sach nohb aus fe baare,
Dess kann ahm je an Lewe schoare!

Herr Amtsrichter, aus dere Kaüsch
Führt dann do gar kaan Schteel?
Ich, weil ich doch 'mol waer so dumm,
Do eß merr so 'n Gedanke kumm,
Dess waer verlleicht en Weg! —
Kennt ich dann met dem Judd zum Bosse
Als Narr mich beclariere losse?

Wahl & Qual.

Das Schprichwort sagt „die Wahl hot Qual" –
Dess hun ich aa' empfunne;
Dann bei de Borjemoahschter-Wahl
Do hatt' ich schlimme Schtunne.

En Handwerksmann dun meiner Sort'
Soll raus so Sache blewwe,
Sunscht kann'r gleich em halwe Ort
Sei' Kundschaft sich vertrewwe.

D'rum hun ich 'denkt bei dere Wahl:
Loß du die ann're schmutze;
Du hälscht dich 'mol sei' häbsch nettraal
Bei dene Kafferrate!

Sie henn uff aamol uffgeschtellt
Uhns, zwaa, drei Cannidate,
Un jed' Babbie hot forr ehr Geld
Eich braaf geleit aa'n Rade.

En meine' Kundschaft war de Knall,
Wu ich hatt' wehle misse;
Doch der is zarten Ouend voll,
Drum wollt' ich nix d'vun wisse.

Nohd war de Klaas, wu net 'mol kann
Recht ordeqrafisch denke,
Dess schteht an mig, wann so e' Mann
Will die Gemaa nohd lenke!

Weruuhl er gibt schun seit 'me Johr
Mer aach als se verirue
Un rechellt wiere' bobefor
Uff uruß, wie uweer's geschiene

Robb war be Allmer noch, wu me
Eu annere was dut guxm,
Doch b e r un aa sei' ganz Babble
Heert uei zu meine Stumne

Ro gut' ich rechellt nohb eso:
Du buhsche mertmal verblerrue
Un läscht be ganz Zoert be
Sol' Bumbe-Wese trenoe!

Ja prost! deß iß net abgegang',
Dann guck, bun alle Enue
War ich gefooßt brei Woche lang:
„Ich sollt' mer Ferb bestenue."

Mei Ferb, kanr ich, bie iß schun recht;
Doch lossen euch verjehle:
Mei' Umlaag bun ich uet gebbecht
Un berf jo gar net werbie!

Un wie ich bun gerebbt beß Wort,
Wupp, macht sich uff bie Lappe
Un lauß gleb' richtig Ahmer fort
Un butt mei' Sach berappe

Deß beht nu außerorbelich
Eu Geischt mich ammisire,
Un newe her gabb't aa borr nuch
Nach sunscht se profitire;

Dann sie bestellen nohb bezu
— beß war b'r gar uet uuwel —
E ganz Nasson ven uele Schub'
Un boppelsohl'ge Schmuwel.

Un we ich mich ham losse seh',
Do hun se m'r gewunke
Un hot gehaaß: glei' kumm un geh',
Es werd Freibier getrunke!

Wie manchmol fort de Mees inhell
Hun ich en Schoern gesesse,
Un nohd em Ochse fort de Knoll
Freistunn'g Brotworscht 'gesse!

Des war e luschtig Sauferei
Uff unbekannte Treibe,
Fort läschtig war'n nohd, meiner Trei,
Zwaa Wahl-Zett' vun zwaa Seite!

Do hun ich werklich dogeschtann'
Mit Blicke, ehrsgsaure,
Wos freier deitscher Boryers-Mann
Un Schuster zum Bebaure.

Un we ich sein uff's Rothhaus kumm,
Zwaa Zett' en meine Binke,
Do ging mer s doll en Robb erum,
Reh', als bei'm Freibiertrinke;

Do hun dorch zwaa Bobbier dicht
Ich Schwißtrul loose musse,
Kaa'n Drobbe Blut meh' em Gesicht
Un schwach en mei'm Gewisse;

Wei halwe Kundschaft kunnt' ich blos
Bei jellem Gang rischtre,
Ob ich be' Knoll zu erort Kloos
Bei Eert' beßt practicirte.

Ich hun en letschte Nachblick
Mich uff be Knoll besunne;
Doch hot, fort mich zu allem Glück,
Der Kloos be Sieg gewunne.

Ich wollt', de Bismarck, wu er kann,
Teht unweraht befehle,
Daß niemals net en Handwerksmann
Derft bei so Sache wehle.

Was nutzt Ihm dann der fern Genuß,
Deß Gance un deß Saafe,
Nimmt'r nohd alles mit Bedrus
Un Freundschaft muß erkaafe!

Un muß wohl gar als freier Mann
De Sach nach helfe lenke,
Daß m'r Ihn wehlt, wu net 'mol kann
Recht ordegrafisch denke!"

Wie kumme Se mit Ihre Fraa zerecht?

Wie ich mit meiner Fraa jetz kumm zerecht?
Ei no, — sott Ihre Nochberg schee w danke —
Sel geht so noo' em Schbrichwort: „schlecht un recht",
Sie here wenigschtens dun meer net zanke.

Dofoer hun ich als Mann es Regement
Un mach's, wie mer's en mer'm Kobb gut well scheine, —
Ich kann's net leire, wann e Weibsbild kremm,
Un so e Fraa eß duecher fix mit Greine.

Nobb hun ich aa vier scheene Döchter noch,
Ei, jo, so vier, die kenn Ihm wotrin schun holle!
Un babedorch krie ich als öfters doch
So allerloo Dischbut mit meiner Alte.

Sie well mit ehre Mahd holt doch enaus,
Aas beßtern se dun so 'me Ferscht abschtamme,
Un ich saa: geh m'r se fort Schlaß un Haus!
Do schtumme m'r nodderlich net schamme.

Sie soll'n, saa ich, sich als fort besser niehr'n
Un nie ken Erwett losse sich verdriehse!
Ach was! sott sie, sie soll'n m'r hübsch daoer'n,
So Mahd der wenn ehr Lewe aach geniehse.

Un wann ich saa Millione Dunnerkeil!
Soll gehn se mit en's Feld, sie sollen scharje! —
Do seet sie: Naa, so het dees Ding kan Eil,
's sein junge Mahd, sie gehn heit mit zum Danze.

Drss eß nabbeerlich, baß ich nohbert bruine
Un saa: m'r lebt net bleßlich zum Bergnire,
Robb haaßt's· schwer schtill! de Disch ya ved ſe dumm,
So Mähd der müſſen aa' 'mol Bildung frier.

De Bildung loscht meer awer'r za ved Geld
Un dett en Bauer, ſaa ich, doch nix nohe;
Jo, kriſcht mei' Alt, hett eß e anner Welt,
So Mähd der müſſen ſich e bißche bahe.

Je bahen nore, ſaa ich, em Teiwel zu,
Bis mei' Vembde nohb der Kruch dutt kruse!
Ach waß! ſeit ſie, loß mich en meiner Ruh',
So Mähd die machen nohbert aa' Babbere!

Jo, mit Babbere, ſaa ich, macht ſich's groß,
Wann Perſcht de Sach eß glücklich derchgebrunge!
Robb eß dann awer'r ganz de Teiwel los,
Robb kummen ſe ze Fauſt mit ehre Zunge.

So het mei' Fraa e ganz veflucht Scheznte;
Sie gibt barbah net nach, ach Gott, ich kenn' ſe!
De kricht m'r nohbert, jo, m'r waaß net wie,
Gell Daa' fort Daa' ſei klaane Differenze

Drum mach ich's awer'r aa' jeß, wie ich will,
Un hun m'r's feſcht eß Grundſaß vorgenumme
Ich loß ſe geh' un ſchwer' als dapper ſchtill —
Sunſcht wär mit meiner Fraa net auszekumme.

Wie eß jetz bei Gott.

M'r moant net, daß es menschemeehlich wär',
Was enn e so paar Dää met kann passiere,
Me e r eß jo grad, es wär mei' Haus ganz leer,
Seitdem mei' Fraa nemmeh dutt hantiere.

Am Mittwoch hot se noch die Supp gekocht,
Un Dwens hot se Kucheteig schaue
Un hot uff ehr Gesundheit noch gedacht —
Un geschteret hemm'r se jetz schun begrawe!

Jo, de Herr Parr hot's aa' ausgeleet,
Daß gar kaans nie net sicher eß for'n Schtarwe,
Un daß es manchmol mit de Mensche geht,
Wie mim' me Krug, wu bletzlich bricht en Scherwe.

Un hot gesaat, ich sollt scherwer sei',
Mei seelig Fraa se wär gut uffgehowwe
Un enn 'me Band voll Fried un Sunnescheu',
Sie wär bei unserm liewe Herrgott drowwe.

Er ja, ich gunn ehr so dees Gute all,
Wu ehr bei unserm Herrgott jetz dutt blewe,
Biewuhl dees sag ich frei en jeerem Fall
Werd Er doch aa' sei Laschi halt mit 'r kriee.

E Dokt'r noo' mei'm Sinn.

Verschbert war ich van he fort,
Weit wed am'e fremme Ort,
Noo' ne gute Freind se guckt,
Der sah aus, ehr liewe Zeit,
Grad als wie ber deier Zeit,
Jnscht, als hett er nix se schlucke.

Do eß grad de Docter kamm',
Der hot aarg ehn hergenumm'.
„Warum duhn Se dann mt heere?"
Saat'r — „schlachde Se ehr Schwei'
„Un gehn Se m'r an de Wei',
„Daß ehr Kreffde sich vemehre!"

„Wei', dess eß 'n guter Saft,
„Wei', der schterkt die Lewenskraft;
„Esse Se dezu als Schinke
„Un was Ihne sunscht noch scheint,
„Un ferr alle Dinge, Freind,
„Müsse Se m'r besser trinke!"

Wu er des Rezebt gemacht,
Hot mei'n's Herz em Leid gelacht,
Ich sein uff 'n zugeschbrunge,
Denn ferr so'n Docter
Ei, do hot mich, meine Luri',
Grausame Reschbekt durchdrunge.

Gewwen Se m'r doch ehr Hand'
Saar' ich; dann des's klingt scharmant,
Was Se do verordeniere;
Gucken Se, woo' so' me Mann
Hot meer längscht mei' Arm geschlann' —
Jo, dess hoaß ich doch carriere!

Ich sinn, gottlob, kerngesund;
Dann ich weeg derthunnert Pund,
Un es dukt mich nix bedrickte;
Unower werr' ich emol krank,
Ei, do waaß ich, Gott sei Dank,
Jetzerst schunn, zu wem ich schicke!

Unser Docter es 'n Dropp,
Der hot net viel ann sei'm Kopp
Un war nie noch nel besoffe;
Daß m'r do zu so'me Mann
Kaa Vetraue schebbe kann,
Des leit forr de Hand offe.

Kummen Se meer gler' mit fort,
Saar' ich — mit enn unser Ort;
Ich bettet, Sie krieen Kumme'
Dann e zwatter Docterdmann,
Wu wie Se carriere kann,
Werd doch nerrgens meh' gefunne.

Kummen Se, ich schtell' de Wei,
Ich will ehr Abbeehler sei',
Jo, meer wonn uns affesure.
Un wann finkt die Lewenskraft,
Wänn'r's mit dem gure Saft
Noch se gurer Gesscht browiere!

🙌🙌🙌

Ich hun 's gepackt!

Was fragscht de, Vetterche, du hettscht mir gebb'
To uff mei' Reintche un uff all fer' Ehre?
To bischt de awwer doch gewaltich scheeb,
To muß ich doch 'mol annerscht dich belehre.
Guck, was du redbscht, das baßt net forr en Mann,
Dedd sein norr dumme, zwergzwerge Bosse,
Dann 's eß doch scheener, guck, wann 'r befehle kann,
Als daß m'r nohb sich muß befehle losse.
Deer fehlt jo ganz die Praxis vum Befehland,
Un uff bei' damm Geschwätz daha ich b'r peise,
Du muscht die Beischpel meh' em ganze Land
Un aus de Weltgeschicht un aus 'm Lewe greife!
Was hot der Cäsar dann en Rom gesaat,
Wu vun de Erschte war bei dene Alte?
Guck, sell hot mich schun en de Schul gefreut,
Un nohb hun ich's forr's Lewe meer behalte.
Er saat wann Er net Cäsar wär schun dort
Un mißt sich mit Regierungssache quäle,
To deet er Newer glei' em klaschte Ort
Zum Vorgemohlscht'r sich benoddert losse wehle.
Guck, ich hun 's drimol jeh du mit dem Amt brewiert
Un hun mich forresmol halt dochtig misse wehrn;
Wertwohl ich hun noch unner richtig trumfiert
Un hun de Sieg gewunn mit alle Ehre.

's hot Wer' gekoscht, veel Wer', an Geld, veel Geld,
Doch wann die Fetsche loffen uff ennaner schwebe,
To werd m'r berßt dach uff so 'me Friedensfeld
E paar Schuchlöscher Renneblut begehr!
's hot Wer' gekoscht an Geld, en letschtmal meh',
Veel meh', als sunscht; deß derf m'r hall mel achte;
Toforz war du Babang aach wounterschee,
Un du berßcht sorr de Kelße jetz noch her betrachte.
Es war en Feldguck, norr baß dort Kanone sei',
Hulane, Keraßer un Broßnedte,
Un hue uff so veel Schlimme so veel 'Juber Wer'
Un so veel dausend Werßht und Cobbelette'
Deß hatt ich all voraus berechet schun, brav glaub,
Norr zum Begnne un de annern norr zum Boße,
Un hatt aach so mei' Offzuer vum Schtab,
Wu norr mei' Truppe hen maschiere loße
Roßd war d'r so e Art Vorpoßche-Plänkelei,
Vier Woche lang schtand bo mei' Keller offe,
Bei Taal un Nacht gub's Wer' an Brotworscht frei,
Die uff Kummando hen der Keel benoßd geloffe.
Naa, Vetter, so e Wahlgefecht eß werklich fei',
To denn du Gesichter noßd bißch uff ennaner plaße.
Worscht gäe Worscht, un Schickfaß gäe Schickfaß Wer',
Mann gäe Mann un Baße gäe Baße!
Ich hun 's gepackt, un 's macht m'r Schpaß, veel Schpaß,
Grad weil m'r' Gatenbidat hot alles loße schpringe,
Un hot geprahlt bei jerem frische Faß,
Wu er hall an'gzappt hot, er mißt's un mißt's hall zwinge.
's hot veel gekoscht' dann unner uns gesaat
Vierdausend Mark du kummen nemach witter;
Wiewohl de Oßs, mein Gatenbidat,
Roscht's grad so veel; deß schmackt noßd gar' net bitter!

Der hot genunk un hot 's fort 's nächschtmol satt,
Der eß d'r jetz noch meh', als wie vebroffe,
Sei' Geld eß futsch, 's hot alles mr gebatt,
Sei' veeler Wei' eß fort unjunisch geflosse!
Ja, Vettreche, mit Worscht un Boer un Wei' un Schwer',
Do kann 'r so e Sach ella noch met betreuwe;
Es heert aa' noch Deschtland debei se sei',
Des kann mer' liewer Oechs jetz hinwig's Ohr
                sich schreuwe!!!

E Kind vun gute Art.

Do es hett e' Brotsche kumm'
Jetz' vun unsre Katterine,
Dann sechs Woche sein erum,
Daß se datt en Frankfort diene,
Un sie es jetz em 'e Haus,
Wie m'r uff Adjzoh' es aus.

Ach, die schreibt d'r anner scheen'
Drös es solche net so beschreiwe
Wie's 'r jedert gut debt gab',
Un wie sie 's debt jedert treiwe:
Sie wär' nemmeh wüthich un boll,
Sie wär' fromm jed Zoll for Zoll

Was se lurscht als hett' gedah',
Deffent debt se jetz sich schemme;
Dann sie fing jetz ernschtlich an,
Nach rös Herre ernscht se nemme,
Un es wer' 'r uffgeblieht
Glück un Friede em Gemieth.

Un so geht dess werter fort,
Jo, m'r konn's net so verzehle,
Wie se halt mit jerrem Wort
Datt ehr fromme Ausdrück' wehle;
Des ging wer geschmelzt mit Schbeck;
Un mei' Fraa war ganz ewegg

Un saat hunnertmool: „ehr Leit,
Sich eso erumseschwenke,
Un en so 'ne korze Zeit!
Ach, ich kann 't's gaar net denke,
Daß des Mensch, du liewer Gott,
So e hellig Dos gebb' hott!"

So' des wunnert dich aa' noch?
Gaar' ich, guck, do muß ich lache;
Dann des wußt' ich d'r jo doch,
Daß uns die noch Fraad dehl mache,
Dann die hot jo, hol's der Deib',
Dausend Deiwel enn 'em Leib!

Was mei Soh aus Amerika schreibt.

Met' Soh' eß nooch Amerika,
Die wollte en mei recht gfalle,
Werwohl er zunicht, deß muß ich saa',
War doch en alle Schickle.

Er eß jetz sechzeh Woche fort
Un hot uns letzde geschrriwwe,
Eas deht em gut gefalle dort,
Doel besser ees wie hinnwe

Er datt sich schun rumbesinnt,
Wie m'r deß Ding deht nenne,
Un wie m'r dort ees Brot stehrt,
Dees dehr' er all schun kenne

M'r sollten sei' norr außer Sorg',
Er war so ubedroße;
E guter Deitscher schlaag sich dorch,
Gott dehr'en net verloße.

Die Zwetwel so von dle de Bett',
Die wer'n ehm norr zum Lache;
Dann er gedacht en kotzer Zeit
Recht gut sei Glick se mache

's war freilich so ins leicht Sach',
Dann zerrer dehr's brommelere,
Un mancher traag debei die Krach
Un deht net broschberiere.

Doch geb halt kaans velor' sei' Schbeel,
Die Zeit werr'n arg geruwter,
Un, wie er schun gemerkt, noch veel,
Veel meh' aas hie beruhtrawwer

Sie behrrn all sekamme scherrn'
Un's geb norr zwaa Babbise,
Die aa bei bebt betrowe werr'n,
Die anner bebt betrue.

Un wie er dess mol hett erkannt,
Hett e r sich glei' entschlosse,
Uff weller Beit en so 'ne Band
Er sich wollt sinne losse.

Er schrebb's mei aus Amerika
Un mocht aa net geern leue —
Doch wollt er uns zum Trostcht norr saa':
„Er ließ sich net betriee!"!"

Warum ich um mei'z Tooscht sei kumm'.

De hot letscht en Grimschtadt dranne
So e Vieh-Fescht schtattgefunne.
Dess war werklich gar net schee!
Zwar 's hot mich gekoscht veel Bohne;
Awwer dess muß ich geschteh',
's war an' sorr mer' Leere schee!
Schun die veele Musslkante
Un die brechtige Gerlande
Un die Bulder an de Haffer
Un de Wald vun grüene Reiser
Un die schtolze Ehreporte,
Wu de uffgericht sein worde,
Dess war alles ganz scheewaut
Un en Herroth halt soor's Band.
Do gab's werklich was se gulte,
Un was gab's benohb se schlukke!
Dann en so 'ner große Saal
War e landwerthschaftlich Mahl;
Ich war schun bei veele Efte;
Awwer so e lerschtlich Frefte,
Wu be Wei eß so gefloffe.
Han ich doch noch net gewoffe!
Do hot 'mol die Landwerthschaft
Recht gefangt en volle Kraft

Un bewiffe Mann fort Mann,
Wer se ebbes leischte kann.
Robb es Perfcht recht aagegange
Wie die Rebbe aagelange
Uff dess drahgekreaate Vieh
Un die gang Ellemenne
Un de raggemelle Dung
Un die Milchrebefferung
Un uff Herrlich Trottefutter
Un uh abpertelfchde Butter
Un wer waaß, uff was noch all,
Dann dess ging d'r Knall un Jnll.
Rerwag meer der fillem Effe
Dot un ferner Herr gewefft.
Dess war fo un Herr Enichpell'r
Orrer fo e Urt Theitft'r,
Mit dem bun ich veel gefchproche
Un manch Fläfchche aagefchleuche.
Robb han ich noch meh' gedrunk,
Do hot er als abgerounke;
Krow'r mich hot's net fchnurlert;
Dann ich hatt noch mix gefchpiret;
Un do han ich ber meer felrwer
Es berkt, guck, uff die junge Kälrwer
Aeunfch die aach noch dhu e Rebb';
Dann doberem fenn ich eunblett
Un do faar' ich zum Eufchpell'r:
Waawen Se net, Herr Theitft'r
— Dann jez fenn ich noch net voll —
Daß ich aach was halte foll!
„Wann Se ebbes halte wolle",
Saat der druff, un zwar en volle

Erschl, deß war doch werllich faul —
„Ei do halten Se ehr Maul!"
Un hot deß so laut gemacht
Daß halt alles hot gelacht.
Deß hot mich dann doch betroffe,
Un do hun ich's wohl gelasse,
Awwer mei Redd' waaß ich noch,
Un ich halt se 's nächstmol doch!"'

Forr mei Kinner schiebn ich emol

Nochber'n, es hat Deuwel, jo,
Dess es 'mol e schlecht Weld,
Wamm 'r heert, wer ahm ese
Werr'n sei' Kinner hergeschtellt!

Do eß ich emol mei' Greth,
Ehns treibt gern e blöde Schtaat
Un eß mit sei'm Maul net bleed;
Anner 's eß e richtig Mahd.

Ehns hatt mit sei'm Dinscht koa Glick,
Sei Madamm desi war e Dos,
Un do eß ehns nohd zrick,
Un nau eß de Deuwel los.

Un dess Kalb wollt hoch enaus
Un bringt sich en die Schtubt
En e so e hernehm Haus,
Wu ehns fret noch net 'mol satt.

Do vergeht ahm jo de Muth'
Un do war nohd als fort Schtreit;
Dann do deut sich's nohd net gut,
Wamm 'r als fort Hunger leid't.

Un do henn sie nohd gesaat,
Ehns hett ehm Geld genumm,
Un henn 's aus 'm Dinscht gejaht,
Un so eß ehns hamm halt kumm

Ich mei' Dertche deß heit ar'
Alleweil en gute Blatz,
Unner Gle leid t's ned barduh,
Daß ebns jetz schun hot en Schatz

Un do braucht ebns nohb sei Maul,
Un Sie hot ehm uffgetant
Un behaapt ebns war so sau!
Un e millerudel Mahd

Guck, deß loß ich net debei,
Dann deß krenkt ehm so sei' Ehr
Un m'r schtammt doch, meener Ten,
Nach net so vun Bell-Beit her!

Unner weil mei'm earner Schorsch
Des Maler do eß bassiert,
Daß er do mit noch zwaa Dersch
Hot e tenk je sehr fruckt —

Do eß jetz de Deiwel los,
Un do ammeßert m'r sich,
Un do haaßt 's benohberi bloß
All mei' Aunn' wer'n kiererlich.

Nochber'n, en sui Deiwel, jo.
Des eß e mejchanti Melt,
Wamm 'r heert, wie ehm efo
Wer'n hot' Kinner hergeschtellt!

Nochber'n, guck, was schickt do d'rann?
Nix aß Reid un giftig Blut;
Forr mei' Kinner schtehn ich enn,
Die sein all minanner gut!

❦❦❦

Bei' schturrierter Bu'.

I.

Er soll net schlurriere.

Naa, mei' Soh' soll net schturriere,
　Doch's Schlurriere werd m'r bunun;
Wer's net glaabt, der soll's brantweie,
　Robb kann 'r sich leie krumm

So'n Schlurrierter, jo, meinetwehe,
　Hot b'r manches en fei'm Robb;
Awwer bodefort begaue
　Bleibt 'r an en aarme Drobb.

Aarm en Lewe, aarm en Schterwe,
　Deß eß halt so fei Geschick,
Un felttschoft bo tre'n die Erme
　Noch jer' Schulde uff echte Nick!

Deß eß jo e lumbig Lewe,
　Sechschtens Erod un Ebbelwei,
 Awer b'r bobennoch dutt schlerewe,
　Muß, waaß Gott, en Dummboß fei'!

Heit kann aßner gaar veel treiwe,
　Un en' werklich schickt was derna,
Dobram, wer gescheit will bleiwe,
　Der schloß' nerr 's Schlurriere enn'

Do eß nix je broffebiere,
　Dann bo haaßt's „Du letschst dich krumm!"
Naa, mei' Soh' soll net schlurriere ‒‒
　Doch's Schlurriere werd m'r dumm

II.

De Wissensdorscht

A'r ich d'r werklich schwach
Eu dere dumme Welt,
Nohd hot m'r Weh un Ach
Un bammt halt um sei' Geld;
De eß mei' zwait'r Du',
Der duit ich doch schurrere;
Er ließ m'r jo ken Ruh,
Er wollt's dorchaus browedere!

Die ganz Nobberschaft
Un der Verklosche,
Un was m'r sunscht bericht
So vun dem Wann und Wie,
Wer halt die Welt enschloon',
Tes wollt er alles wiffe,
Un do kann ich en dann
Uff Gerste schacke miffe

Tes dauert gaar net lang,
De eß 'r schun vun dort
Uff Heidelberg nob gang',
Un eß jetz wirrer fort
Un hot Berlin besucht,
Um weil fe brofiedere,
Un was dess hot gefrucht,
Tes werr'n m'r un bald heere

Dann ich fein's jetzert weiß,
Er eß jetz verr Johr drauß,
Un fei' beschterung Lied
War „schickt m'r Geld vun Haus"

Meer eß dees net so Vorscht,
Niemohl er oft dutt schreiwe,
Daß ehm de Wissensdorrischt
Tehl uhbeschreiblich treiwe

Der eß meer leicht zu schart,
Dess glaab m'r uff mei' Wort,
Dann so geb'damfend Marl
Die sein d'r jetz schan furt,
Der Dorscht der dutt meer weh,
Dees eß so zum Gescheibe,
Ich fercht, de dutt noch meh'
Bierdorscht dehinner schtelle!"

III.

Wu schlemmen dann die Affe her?

Do mei Herr schlurrkert'r Du,
— So vvel Kenntniß han ich nu —
Hett' net brauche fort se geh';
Dann bei meer de lernt 'r meh'
En deme Graams all
Eß er glücklich dorchgefall,
Un er schleirert jetz net groß
Weg' uff 'n Professer los;
Was er alles hot dorchforscht,
Kenn' ich ich' — un noch sein Dorschт.
Na, un fort dees veele Geld
Muß er doch nach dem de Welt
Nix, als daß meer allesamme
Drehen vun de Affe schtamme!

Un so Zeit hot · Satler-Raschd'
Noch zeh'dausend Mark gelohscht'
Daß ich do mit dene Affe
Weirer nix will hun se schaffe,
Un's Schturrzere net loß gäbe,
Dohrum werd mich kaan's net schelle
    Unnwer aamal hot der Lump
Doch dun merr noch trueht sein Trumb
Als er werrer mit so Bosse
Wollt' sei' Werehert schprunge losse,
Saar' ich   kennsch' du dann du Behr',
Wu du Affe schlawwmen hee'
Un do hot er born ewed
Do geschtann' mer's Kind bei'm · DreC.
Gurd, saar' ich, jeh horch 'mal su',
Jeh will ah Prohsser sei';
Hett' ich's frieher norr gedah',
Ehb ging bei' Schturriere aa,
Dann gäb' heit ich ebbes drum.
Un du werkscht jeh net so dumm;
Na, jeh horch un daß 'mal uff,
Dann mei' Behr', deloß' dich druff,
Eß dun deer, wu du hettscht faal,
O Konbrähr, ee Gaadebah'
Unner Herrgott hatt' die Welt,
Saar' ich, ferrig bugeschtellt,
Un war alles schun erschaffe
Bis uff Mensche un uff Affe,
Kan debb Doch, wu mich so trehft,
Hatt Er gar net 'mal g'denkt
Unner. „Bost uns Mensche mache!“
Saat 'r — un schafft halt die Sache,

Wo begu gehorr'n, edel,
Un nohd kurel Er meiner Trn
Aus 'me bloße Erdekloos
So 'n Menſche friſch drauf los
Un blies ehm en s Maul enenn
Nams, gwou, der: els Lewe enn.
Nuwwer wie Er ehn betracht,
Saar 'r, dell war ſchlecht gemacht!
Dann de Kerl war net gewore,
Un die Mieh war halt velore;
Dann die Aarm' war'n hräiſch lang,
Krumm die Baa un ſchrob de Gang,
'ß Geſicht freß, wähicht un dumm,
Un de Aic abſchriſch krumm,
Kerz, de Kerl war ſo ſchimberl,
Daß uer' Herrgott wer blamiert.
Wann Er ehn hett wolle ſchaffe
En der Wel als Menſch ſchwaiß's Affe,
Un begu hatt Er im Schweiß —
Dess war gut, ehr beſſer Beit'
Un do ſaar 's nohbert Mes
„Jeh, wus mach Ich mit dem Dou?"
„Eß ehus ſchun gerore ſchlecht,
„Ehus hot jeß zum Lewe 's Recht."
Doch uer' Herrgott, korz beſunn',
Hatt s nohd glei' eruusgefunn,
Er gab herzhaft ehm 'n Tritt
Un ſaal „alleß, lauf norr mit!
„Fort, en Wald 'uenn, du Dalkuul!
„Forr 'en Aff biſcht gut genuul!"
So, ſaar' ich, geleerter Mann,
So eß halt de Aff' enfchtann'.

Wann de maanscht, mei' Lehr' wer' Dunscht,
Dosch b' se winnigschtens — umsunscht'
Seit ich schwegmol mei'm Bam
Applizeert hun selle Trum,
Sohl mich mei' schturrerier Bu'
Mit de Rise jeh en Ruh.

's Duhrche.

Mei Mann eß so en gute Kerl
Deß kann 'r gar net denke;
Un Herz, gud, e wahri Perl,
Der dutt ka' Wermche kränke.

Zum Beischperl, wann er nüchtern iß,
Do hoaßt's „Greth vorn, Greth henne!"
Do kumm 'r nohd, deß ih gewiß
An beß're gar net sinne.

Do hot er so en walde Sinn,
Deß eß net se beschreiwe,
Do kenn uner nohd, ih un mei' Sinn,
Grad alles mit em treiwe.

Un grad so, wie er eß em Haus
Un kann kaam Kind nix wehre,
So eß er nohd aa' weirer drauß,
Deß kumm 'r als fort herre.

Es schickt en ehm en gute Steern,
Deß schlebt ma aamol richtig,
Un bedrum hot ehm jerrei geern
Un lobt en nohd aa' dichtig.

Er kann sa' schaffe, meiner Trei,
Deß eß e wahr Vergnüge,
Dann dobtrum kummt en laans net bei,
Ich dunn, wanß Gott, net läe.

Sei' aanzig Thalir, liewer Gott,
Was kemm 'r dann do mache'!
Deß eß, wann er fei Dujrche hot,
To gibt's nohd schlimmer Sache!

Do kummt er jerten Owend voll
Un dutt sich nemmeh kenne
Un hauet denohdert grad wie doll
Mit Schmelze un mit Schänne.

So hot er letzicht mei' bäsche Sach'
Ganz lotz en klaa beschmiffe,
Taß meer enuff bis unnigs Dach
Herin redderiere mußte.

Un nohd en Wertshaus — ach, ehr Zeit,
N r schämmt sich's se vezehle, —
To sucht er nohdert als fort Schtreit
Un butt als fort traktirle

Un's Geld geht fort, m'r waaß net wie,
Deß eß grad zum Verredde,
To hot m'r ä, gad, baß dort, baß hie,
Die Noth en alle Ecke

Deß eß emol en Hans e Dascht,
E Rretsche un e Zienne,
Taß m'r nohd maant, es mißt ahm lascht
Es Herz en Leib sich wenne!

Ich hun halt alles schun brewweiert
Mit gut un beese Sache,
Ehn mit em Schritt schun trolbwrt .
Un kann's net anneeschtl mache!

Dess eß jo unser ganz Mallor,
Dess seen k!' schwache Seitn;
Einsicht kann ehn jo, bei meiner Ehr,
E peres trecht gut leen.

Es eß so gut!' Du liewer Gott,
Er butt kaa Wermuth trankt!
Norr daß er do dess Duhrche holl
M'r kann sich's gar net denke!

Weer eß veel se trukke hie!

Weer eß veel se trukke hie',
Ach, dess halt' ich jo net aus'
Dunn uff fuffzig Häuser — wie?
Kummt hie' freßcht e Gaßthwerthshaus'

Was m'r do als fort und fort
En de Kehl hot furr en Brand,
's eß fort so e ßcher groß Ort
En de Polz e wahre Schand'!

Un nochd hie der Bollzer,
So hun ich noch nix geseh''
Wann eß haabes die elf vebei,
Soll m'r en schun haamwerts geh'

Er do hert so alles uff'
Was bekimmert mich e Uhr'
Bei meer geht die Nacht als drum,
Denn ich hun e feucht Rabbur.

Wu ich frueher mich befunn,
War de Borjemohßche'r Kann,
Deer freet nie net nee' de Schtunn,
Dess war felbßcht en fiff'ger Mann

Der faat Norr net gar so fix,
Trinken m' r nore bibßch en Ruh',
Remmen eich, dess macht zu nix,
Noch e Schtunn noch ell deju'

Un wer 's hald net fertig bringt
Enn 'ne Schlann, der nemm sich zwaa;
Denn je länger als m'r trennt,
Un so besser schlecht's ahm aa!

Ja, des war e schön Zeit,
Un 'en Dorscht war do Blessier;
Awwer hie, ehr liewe Leit',
Nuß m'r so beschmachte schier!

Ach, ich hun d'r des an Hals
Ote des truffe Lewe satt;
Awwer ich waaß en de Palz
Noch was Glick e wer'gree Schlabt

Dort hun ich mei' Schpeel gewunn,
Un ich wunner drff' noch aus,
Denn dort kummt e Werthschaft schun
Immer uff des gehnt Haus.

Do gefallt m'r 's, do werd's scheen
Un do wett ich reh' schun druff
Wann se mich emol dort seh',
Duhn sich aa' noch mere uff!!!

Heit se Paa eß m'r schwach!

Seit eß m'r gäut Kinn'
Un gäut dess Gesinn',
Waan ich, e besche schwach,
Dros schdückt, ehr liewe Leit,
Nu aamol enn de Zeit
Un eß e schlimmer Sach

Dess faangt gans frich schun aa,
Dann s trecht sein Wall' gedah
E jed lieb, gut, klaa Kind,
Lieb, gut — dess sein se all,
Norr drcht sich Knall un Fall
Dess Blädche nohb geschwind

Dess Kind saat nohb· „dess muß"
Un gibt's aa' gbe' Bedraß ···
Mei Kind behaapt sei' Recht,
Herr Gott, m'r maant, die Welt
Wär uff de Robb gestdellt
So werd's alln jo gans schlecht!

Wiewuhl deß eß die Frucht
Vun dere heil'ge Zucht;
Heit gibt's jo norr Verwees,
Un noch kaa ahnz'ger Vu.
Wu wühscht un faul deyn,
Kricht en de Schul sei' Schmiß

De Schtaat seat: „'s derf net sei'!
Norr alles mit an sei'!
Kaa Erbe un kaan Schtrahl!
Tros es emol nohd schee,
Wann alles frei drut geh',
Tros es nohd immerzaal!"

Un so 'n immerzaaler Bu,
Der werd nohd frech dazu,
Eß Lehrjung oder Knecht.
Wann's net geht noo sei'm Kobb,
Do werd 'r wahhschl an grob
Un brummt d'r uff net schlecht

Do enn met'm Nachbershaus
Do geht b'r's enn un aus
Ei wuhl die ganz halb Nacht,
Die große Junge sei'
Be:m Kartefchpeel un Wei' —
Un ehr' Herr Babber wacht.

Un weirer nene drea
Do fangt de Bu schun aa
Un nimmt sich jetz e Fraa;
Es eß d'r freilich wohre,
Er eß ferscht zwanzig Johr ···
Du sullscht m mol wus jaa!

Un mit dem Berzius,
Was gibt derr do Bedruß,
Un was koscht der e Geld!
Die Mädd die brenn ehr'm Kranz
Un sein bei jeerem Danz —
Sunscht geht's net enn de Wett!

Die Krun, so haaßt's denoob,
Die wacken aben noch dobb'
M'r eß uel Herr em Haus'
Un 's Boot aus ferrer Eck
Was sihen m'r em Dred! —
Bei meer sieht s annerscht aus.

Tr Welt ehr „Inwersaal",
Troo eß meer ganz egal,
Bei meer geht's ned so zart;
Un ich sehn, daß mei Krun
Sich als noch wuhl befinn'
Bei meiner aldr Art.

Dann ich halt's Argement
Noch fescht en meine Hend,
Do herrt nobb alles uff,
Dann wann ich redd es Wort,
Geht's wie am Schmiere fort —
Sunscht beht ich bichtig schmeiße druff.

Mein alter Nochber.

Mein alter Nochber do
Dess eß e ganzer Mann,
War mi'r en grad eto
Jascht nemmeh finne kann

Denn eß fein Kiel noch grad,
Er Aae fein noch Noor;
Un er eß doch allrond
Schun hunnertzwonzig Johr

Die Woch' dorch schafft 'r fort,
Un Sunndaags hell 'r Ruh'
Un lest fei Gotteswort
Un heert de Prerigt zu.

Eß eß en wahre Schload,
Wann er so mit ahm schpricht,
Un alles, was er saat,
Dess hot bennoßd Gewicht.

Er hehrt net groß 'es Wort,
Er will net hoch enaus,
Er will norr immerfort
Mit Wohreit frei eraus.

Er hot, wie's werd gelehrt,
Sei' Sach uff Gott geschdellt,
Trum saa'n fe aach „er heert
Noch zu de alde Welt."

Do lacht er nerr dezu
Un redd't kaa nanzig Wort
Un geht en alle' Ruh'
Sein alt Wehl so fort

Ich maan', enn jedrem Fall
Es gut mit 'm beschaalt
Ach, wär'n mer doch noch all'
Vun dere alte Welt!

Schtroßborg es wirre unser!

Herr es schun mancher Glockeklang
En mei' Gemiet gedrunge,
Un mancher hot benohert lang
Em Herz mer nochgeklunge,
Doch aaner, glaawe m'r's uff 's Wort,
Loßt nemmeh sich vertreiwe,
Der klingt beschterig en m'r fort;
Ich kann's ech net beschreiwe

Dem hun ich 'mol dum abgeher
Wie Pingschtgeleit vernumme,
So es 's, wie vum Himmel her,
Waren tritore mich gekumme,
Un's Wasser des es drobbeweis
Herr en der Aue' getrete,
Un ich hun misse fort mich leis
E Babber-Unser beete

Des war, wie's laut gerutelt hett ·
„Ze Schtroßborg uff de Schanze
„Do dehn se jetz' — o sleen's 'n Gott! —
„Noch dritsche Drike danze!"
So flogen d'r der die Fahne raus,
Des war' mol e Frohlocke
Un Juwelern vun Haus ze Haus
Un Klang mit alle Glocke!

O Schtroßborg, Deitschlands Schtolz un Unschd,
Uns selwigmol entrisse,
Du bischt doch an der Muddderbruscht
Jetz' werre kaweine misse!
Du gawrig Kind von deitschem Blut,
Dich denn die deitsche Junge
Un helle Daal mit frischem Muth
Uns werre' haam gebrunge!

Un guck, der Klang vun seller Schtunn
Der butt mich nach umschwewe,
Un was ich schwegmol emfunn',
Geht mit meer borch mei' Bene.
O Schtroßborg, wunnerscheeni Schtabt,
Dich werr'n m'r jetz' behalte,
So kummt's nohd, wamm 'r Recht gehatt,
Bobi ehr doch Gott morr walte!

De Bauerschtand.

Kaa schenner Berw aus en Bauerschtand,
Kaa schenner Girwel aus en frue Feld,
Wamm'r mit flinkem Gaul und schlechter Gaab,
So wie sich's heert, sei' Äckercher beschtellt!

Bald bloost de Wind aus alle Ecke raus,
Bald brennt die Sunn uff ihn ehr richtig Dahl,
Bald schitt's vum Himmel roie mit Schwawel aus —
Des is em Bauer alles ganz egaal!

Is'r es gebackt jo zu allem Glick
Net gar so leis un helt schun aus en Ball
Un hot en schicke Kabb und schicke Kid,
Do geht schun was vum Wind un Werrer druff!

Robb is aa' scheer drauß, wann de Summer kummt,
Die Drobbe glitzern en de Morjesunn,
Die Lerche trillern un es Bie voll summt —
Do wesse jo die Stadtleit nix devun!

Un Damb schteigt uff un zieht em Hemmel zu
De Äler dust klamme, 's is e wahri Buscht,
Un uff de Äcker leit s ume Summbaaterah
Do hebt sich fort Deganke ihm die Bruscht.

Un 's werd ihm leicht un leichter em Gemieth,
Eu's Feld gehn ihm die Sorje net geern voo',
Ir'r peift wuhl aach emol e luschtig Lied —
Un ebb mr 's denkt, is schun de Mibbaal do.

Nohb schmeckt der Kuh un schmeckt ées Efe gut,
— D'r muß ae' noch nao dem un sellem seh' —
Nohb schafft sich's widder ser' mit frischem Muth,
Bis daß die Schtern am Himmel Owens scheh'.

Nohb kummt die Abrn, do werds Ihm bichtig bang,
Un hot dobei doch gar e froh Gemieth,
Weil m'r doch ao fort Vieh un Ploog un Schwang
Vun unserm Herrgott ser' Belohnung frieht

D'r es selverre un m'r muß ées see',
Weil Ihm ées Sommerbaue doch nix batt,
Un 's gibt doch immer ae' e bische Wei',
Un korz un gut, m'r werd noch immer satt

Un kumm'r richtig hell bei seiner Sach
Un hot ser' Schtern'r un Umlag gut gedeckt,
Do es m'r Herr benohb wanig per'm Tach
Un röhlebt em ganze Ort aach em Befchbell.

Un nohb die Kerb, die ées doch meiner Trei
Net so erkumme werr' fort ene deel,
Die hehrt jed Johr doch e Plaisir eben,
Wu m'r sich lebt 'mol dran mit Serb un Seel.

Kaa scheener Bewe als em Sautschland,
Kaa scheener Gewell aos em frere Feld!
Hum ich nurr b'erschit mol lutzig Morje Land,
Nohb daufch ich po mit Kuam net uff de Welt!"

Mei' Hofrath.

Mei' Hofrath, jo, fie es wabberlich
E bische rug, e bische Klaa;
Awwer fie es dann doch baffterlich
Un ich han mer' Vergnier dran;
Mei' Scheur un Schtall, fie duhn noch ewe;
Rorr eß e bische als mrn' Haus,
Wiewuhl ehm mmmt mit feine Rewe
Sich als nuch gar net iwwel nus

Wann ich betracht halt fo des Ganze
Söo eß doch werthvoll, meiner Tres'
En Gärtche taun ich alles plame
Un hun noch Land forr Klamme fru;
Ich hun aa' wunnerschoene Rofe,
Tie blimmen, wann ich ruig schlof,
Un hun en gute, mächtig große
Abbelers-Peerrboam en Hof.

Un uff mei'm Gietche hann ich halte
En Gaul, e Rind un e paar Küh,
Tres eß gewuut forr uns zwaa Alte
Un forr mer' Dochter Annmrie;
Si jo, m'r muß fich als forr ploot,
Doch bezu ich m' r uff de Welt,
Tefort dorfcht Du aa' noo meer froee —
Tefort fein ich aa noch bei Gelb!

Drfftzt kummt de Schmul zu mer gelaafe
Un schmatt, wie halt so schmatt e Jubb,
Ich sall mer' Garlde doch velaafe,
Er garrandiert m'r sort Profitt,
Nahd kannt ich fer blessirlich lewe
En so er Eschladt als Mann dar Welt
Un kennt ao' erfahtra noch denrar
Geschdjtdher macke mit mei'm Grld.

Dem hun ich's arewer scher gewefte,
Es frant mich noch, wann ich dran denk,
Falscht hell ich en eraudgefchmeffe,
Un wann 'r gleu helt fenebt die Armt;
Ich saat, wann dees die Bau're wollte,
Un's gög e perer en dar Schladt,
Do dehn ehr Inrre uns kerfcht kolle,
Un's deilsche Reich ging nahd schachmatt.

Fur Driwel, saar' ich ehm noch weirer,
Dees war en Leichtfinn un e Schann,
Dees heßt halt so sorr Galsabschmeitre,
Doch un nel sorr en Bauersmann,
Wann ich dobruff deht kummelure,
To wär ich halwer schun tobbud,
Ich wollt dum ehm nix brokkelure,
Ich wär en Bauer nn den Jubb.

Do eß 'r erewer nahbeit ganger,
Nes wann em Haus die Koß're wär,
Der krieht gewiß nemmeh Velange
Ner so Geschäftercher mit meer!
Nan, Schmul, do eß 'mol nix fe macke,
Un wann du kammschst halt noch so jer',

Mei Hofrath? jo, mee es zum Lache,
Mei Hofrath, guckich be, der bleibt mei'

Die hot mei' Vatter schun gezackert
Un hot sich immer gefte satt,
Die hot mei' Mutter sich geracker
Un hot ehr Stich un Bäsche ghatt;
Die henn Vember sie erworwe,
Die henn sie großgezoge mich,
Die sinn so alle bald gestorwe —
Das bleibt ehm all erinnerlich

Die will ich ruig werrer zack'r,
So lang ich noch han Kraft dezu,
E Bauersmann duht gern sich rack'r
Un will bald forr de Zeit han' Ruh'
Un wann's nohd geht emool zum Schterwe,
Nohd trawen se mich hie enaus,
Und nohdert bleibt halt forr mei' Erwe
Mei' liewi Hofrath un mei' Haus!

Leb wuhl, mei' Soh'!

Mei' Soh', meer eß att scheerd ich balb,
Denn ich fein waakrig prt un alt;
Drum loß b'r als noch manches saa'
Un nemm b'r e Exfembel braa —,
  Dees kann b'r jo nig schoare.

Ees eß b'r ptg e brefl Zeit,
Dnan gud, fie glaanwen mir, bie keut,
Gie kua'tn noor. bie Wull war schlecht,
Un 's eß en alles nemmeh recht —
  Ees eß en wahrer Jammer!

Du waaßcht, bie Mutter, ich un du
Meer henn gelebt en Frieb un Ruh',
M'r henn bee Berl balt loffe geb',
Denn jeeres hot all fich gefreb',
  So war's bie Schrift befohle

Du waaßcht, en unferm Haus war Glic,
Ich froogt nie nix noch Volledit,
Ich baut mei' Aecker, wie's foll fei',
Un lief nie mei noo' Schnaps un We:'
  Un fell war meer kaan Schwaer.

Ich hatt halt fo mei' eigen Art,
Ich hun mei' Lebbaal net gefoart'
Mei' Fraad war Sunnboat's Rerch un Feld,
Un beben fchpaart ich b'r baal Geld —
  Gie mochten als mich ukze!

Un ehrlich hun ich jahtris verlaaft
Un Reich un Edel' nie net gebaaft
Un hun gemacht em Braave fort
Un hun gebroche nie mer' Wort —
    's soll in'r norr Ahner kumme!

Un hun mei' Zeit nie net beschwetzt
Un hun die Leit nie net vehetzt
Un Jevem gern fei Sach gegunnt
Un hun geholfe jerer Schtund,
    Wann's an de Mann eß gange

Uff drei Ding hun ich mich geschtellt.
Ich hun geschamut net uff die Welt
Un hun mei' ehrlich Dahl geschafft
Un hun vetraut uff Gottes Kraft,
    Nohd lebt ich ohne Sorp

Un dreierlaa hun ich gehaßt,
Dess hot mr net fort mich gehaßt;
Uff die drei Schtiller geb mr Acht,
Un wann de aach verjcht ausgedacht,
    Dess loß dach net schennere!

Ich faa d'r 's ehrlich deitsch eraus
Schaff d'r kaa Zeitung net er's Haus
Un nohd befolg mr's norr nach dess
Kaa Werthshaus net un kaa Brozeß!
    Dann dess fihrt zu nix Gutem

So mach's un halt er Ehr mei' Wort!
Mei alti Art die planz mr fort!
Die gute Folge verich de sch'.
Gu'n Nacht, ich will jetzt schloofe geh'
    Leb wuhl, mei' Soh', en Friede' !!

    ~e~e~e~

Jum Hannes aus Brahlse.

Lieber Babber un liebe Mubber,
Eier Brief der eß jez kumm,
Do will ich Euch glei' schreiwe
Was ich derjetzert brauwe,
Un wie ich mich besunn

Wann Euch bei gurer Gesundheit
Mei' Brief aadresse duht,
Des macht m'r veel Begnuege,
Unser Herrgott werd's jo flege,
Noch eß schun alles gut

Mei' Brüer un mei' Schweschtere? —
Meer denkt's noch, meiner Trei',
Was meer als hen gesunge
Un luschtig sein gesprunge —
Dess eß nu all vebei!

Un all mei Kummerade — ?
Ich möcht se doch 'mol seh',
Was betzen die sich wannere,
Wann ich amol em Unnere
Deht wirre bei en stehn'!

Ehr brauchen Eich je mache
Kaa Sorge nei um mich,
Ich sein jo noch am Lewe,
Un guck'n, 's geht m'r ewe
Noch nei bekimmerlich

Ehr well'n gern alles wisse,
Do saa ich alles en aam
Ich duhn Eich veelmols grüße
Un will mein Bruf jetz' schließe —
Dehaam, dehaam es doch dehaam!

www.ingramcontent.com/pod-product-compliance
Lightning Source LLC
Chambersburg PA
CBHW020803020726
47495CB00008B/2566